旅行者

下

作者 Div
插畫 鷗鵡洲

目錄

～網路如同一片充滿有機物的海洋，誰知道會孕育出什麼生物？～

第一章 城市圍獵

「啊！伺服器緊急關閉！管理者封閉了所有逃生路口！阿海！糟糕！我被人發現了！」

被發現了。

Molly 被發現了。

被資安工程師好手中的好手，Argus 發現了！

我看著手機螢幕，Molly 的訊息開始一則一則的湧入，同時，Argus 也像是對好朋友誇耀一般，訴說著她正在進行的圍剿大業，殊不知她的無心炫耀，正是我的錐心之痛啊。

Molly 為追尋假冒喵喵人的足跡，深入虎穴，踏入伺服器的最深處，雖然如願在裡面找到關鍵線索，但同時被資安好手 Argus 給發現了行蹤，陷入極端的險境。

「電腦偵測到有異常的程式在運作，那位駭客人雖然走了，還是留下了木馬程式？」Argus 一邊說著，手指紛飛，快速下了一串指令。「先用掃毒軟體把異常的程式給抓出來。」

透過 Argus 的語言，我可以想像，此刻公司的伺服器中，那阡陌縱橫的網路管線中，一場生死追逐戰即將展開。

中央伺服器，它串接著公司裡的每一台電腦，有線的，無線的，藍芽的，任何能傳輸資訊的通道，以中央伺服器為中心，架構出一個有如城市般複雜龐大的地圖。

Molly 身形輕巧，隻身進入了這城市的最核心，更在一個棟屋子中，一個房間裡，發現了假冒者留下的足跡。

同時間，也因為太靠近核心，被機警的 Arugs 資安警備部隊所發現。

這座網路城市，管理者共有兩位，Choas 和 Argus，他們就是這座城市的最高指揮官，能操縱整個城市的陸海空所有警政系統。

Argus 一發現城市之中有異常分子在行動，立刻下達清楚指令，關閉了城市所有的對外出口，要讓潛入者無處逃逸。

但，這只是第一步。

「開始掃毒。」Argus 同時驅動城市內部的掃毒程式，網路城市中，每個駐點的警察系統，穿著全副武裝，整齊且迅速的跑出警局，開始沿路掃蕩。

這些警察有如軍隊搜捕叛亂分子，開始挨家挨戶踹門，臨檢，確認每一個異常。

轉眼間，城市過半區域已經被警察完全掃空，而 Molly 能藏身的範圍也因此正在快速縮小中。

只是，Molly 呢？速度快捷，動作靈巧，有如城市貓女的她，正從窗戶口快速滑出了這棟核心建築，然後在一座座建築物之間，跳躍潛行著。

同時間，Molly 也透過其獨特的軟體能力，如同極致聽覺和嗅覺的雷達，以她身體為圓心，往這座城市的四面八方拓展開來。

藉著這樣的雷達，她躲掉了多數的警察搜索，更試圖在被封閉的伺服器中，找出任何可能逃脫的路徑。

「咦？剛剛明明有看到電腦出現異常的程式被執行，但掃毒軟體卻什麼都沒有抓到？」Argus 給我的訊息，透露著她的想法。「是我剛剛看錯？還是……」

「會不會是妳看錯了呢？」我回給 Argus，努力想誘導她放棄。「我覺得 Choas 一定掃很多次毒了啦，有什麼病毒老早就被抓出來了。」

「嗯，是嗎？」Argus 沉吟。「但剛真的有異常反應。」

「而且啊，我跟妳說，」我決定盡我所能干擾 Argus，這也是我唯一能做的。「妳剛剛關閉伺服器，雖然防止病毒逃逸，會不會害大家不能收發信件啊？」

「這倒是還好，我只關閉低空衛星相關的網域，低空衛星為了安全性考量，其網域和你們公司網路是獨立的。」Argus 說。「而且，阿海，我不覺得自己看錯了，伺服器裡肯定藏著一個異常的東西，我想把它抓出來。」

「呃，抓出來？」

「對，這程式竟然可以躲掉掃毒軟體的多次掃描，顯然不是一般的程式，這麼有趣的東西，我當然是……」我可以想像 Argus 那姣好的臉孔，在螢幕照耀露出了迎接挑戰的微笑。「……要認真陪他玩一下啊！」

虛擬世界裡，正躲在伺服器城市中的 Molly 的腳步微微停住，然後仰頭朝天空看去。

她感覺到了，這座城市的氣氛改變了。

在越來越急促的警笛聲中，地面上的警察部隊數目暴增一倍，警車一台一台的開了出來，整個城市進入緊急狀態。

因為警察密度大幅提高的關係，終於讓躲在陰影中移動的 Molly，被某位防毒警察發現了。

只是，聰明如 Molly 的動作並不大，她有如貓之女王，在空中翻了兩個筋斗，當警察感到目眩神迷時，Molly 的手成貓爪，抓住了警察的咽喉，無聲無息地割斷對方的喉嚨。

這是虛擬世界，自然沒有血腥四濺的場景，警察只是化成漂浮的零碎積木，消失在街道上。

Molly 功力高絕，確實有驅逐整個防毒軟體的能力，也就是破壞整個警察系統的手段，就像她曾把我的防毒軟解除安裝一樣。

但聰明如她，卻在此刻選擇了低調的防禦，因為她知道此地不是一台個人電腦，這裡是一個網域的伺服器，而她的對手，也不再只是一個普通的宅男工程師。

是能力和權限都遠遠超過一般電腦使用者的，資安管理者。

但另外一方面來說，Molly 與我相處的這一年，對人類有更深刻的認識，她知道人類有很多種，她已經能分辨一般人與電腦好手的差別，所謂的「資安管理者」和「駭客」，是最棘手也最具威脅力的兩種人。

偏偏，Argus 又可能是兩者兼具。

「唉啊，已經加強掃毒力道還是抓不到你？」Argus 的話語中帶著無聲的讚嘆。

「雖然我早就預料到了，但還是得稱讚一下。」

說完，Argus 從包包拿出了一個硬碟。

硬碟中，有她自己帶來的軟體。

「如果系統內建的掃毒軟體奈何不了你，那換換我的呢？」

再一次，Molly 感到城市的空氣溫度改變了，有如暴雨將至般的氣溫陡然下降，空氣變得冰冷，而她轉頭，看見了警察群中，出現了幾個身形與裝備都截然不同的角色。

傭兵！

武器更高級，速度更快，重點是，他們身上的裝備看似傷痕累累，事實上代表他們久經沙場，那是經歷無數血戰後的滄桑與壓迫感，更是一種絕對強悍的證明。

「啊，還有別的掃毒程式，不對，這個厲害的多。」Molly 感覺到傭兵的危險，急退到建築物的陰影處。

好快，傭兵已經追上來了。

傭兵速度比警察快上數倍，經驗更是老道，他們只花數秒就發現藏身在陰影處的 Molly，然後兩個傭兵交叉掩護，眨眼間就逼近了 Molly。

Molly 見狀，想往上攀爬牆壁溜掉，但慢了幾步，底下兩個傭兵已經擺好陣型，朝著她舉起了步槍。

「不行，逃不掉，得打了。」Molly 嘆氣，她一個優雅翻身，從高牆上倒著翻了下來。

倒翻時，她更在空中施展了一團美麗迴旋，高速旋轉中，Molly 雙手更如貓女般帶著利爪，咻咻兩聲，落地之前，就同時割斷了兩個傭兵的喉嚨。

喉嚨被割開的傭兵，連慘叫都來不及發出，就化成漂浮的小積木，消失在虛擬城市之中。

兩個傭兵才剛倒地，其他傭兵立刻發現了異常，他們以自己的密語互相通訊，以更快，更有效率的方式，快速從四面八方朝著 Molly 所在處集結而來。

Molly 被纏上了，當她擊殺了數個傭兵後，卻又湧來數十個傭兵，而當 Molly 在地上堆上了十餘名傭兵屍體，這次來的卻是上百名傭兵。

Molly 被迫邊打邊退，一路留下被擊殺的傭兵屍體，有如蜿蜒的長河，順著 Molly 逃亡的軌跡而行。

她知道自己被發現了，再這樣下去，遲早要與這個高手級的資安管理正面對決，她能獲勝嗎？

但，也就在此刻，她的神經觸動了一下。

她感覺到了。

在城市的最角落，最邊陲的地帶，有一個小小破口。

那是整個伺服器防火牆在編寫語言時，偶然出現的小小破綻，可能來自設計人員的一時失察，也可能是無法避免的語言邏輯衝突。

在這占地萬頃的城市中，它僅有小小的一公尺平方大小，如一口獸洞般神秘而低調的存在。

很小，很細微，但存在就是存在了。

Molly 知道，只要到達那裡，她就能從這個破口出去，然後網外的世界有如五大洋般寬闊，自然就能逃出 Argus 的追捕了。

Molly 露出了微笑，一個扭身，在傭兵們的槍聲與叫囂聲中，朝目的地飛奔而去。

☆★☆

這裡是虛擬的世界，但對 Molly 而言，卻是無比真實的。

在這座寬闊建築物綿密如網的城市中，她如閃電般快速潛行，Argus 的傭兵群提著手上武器，緊追其後。

槍聲大作，火花四濺，Molly 邊打邊逃，邊逃邊打，她以精準手法破壞每個逼近的傭兵，在街道四處留下數目眾多的傭兵殘骸。

激戰中的伺服器風扇高速運轉，有如電腦心臟的ＣＰＵ發出嗡嗡低吟，主機板溫度甚至幾度達到臨界上限。

「這木馬程式到底是什麼？竟然這麼難殲滅？」Argus 專注地看著電腦，「不，這程式似乎擁有一定程度的自主性，這樣的自主性，讓我想起那個被封印的可怕病毒，Orthrus。」

「Orthrus？自主性？」我回訊問道。

「是的，它是一個會自動破壞一切的怪物。」Argus 低吟。「不過，這木馬程式似乎又不太一樣，它沒有這麼強的破壞性，似乎只是單純的探查伺服器……」

「所以她可能不是壞人。」我說。

「對，這不是一個破壞型的惡意程式，從它的靈活度和能夠演化的程度，表示它就算要破壞伺服器所有的資料，也不是難事，但它什麼都沒有做？」Argus 困惑地說。

「不過，它到底是什麼？」

「也許，它不是惡意程式，不用趕盡殺絕？」我開始見縫插針，替 Molly 求情。

「不，這不是趕盡殺絕的問題。」Argus 給了我一個笑臉。「對我而言，現在是管理者絕對不能輸給木馬程式的問題。」

「什麼意思？」

「意思是，我，絕對，不會讓它逃出去。」

「絕對？」

「對。」

電腦虛擬城市中，Molly 終於到了那個小小破口。

這破口的寬度是一公尺平方，以每二十秒一次的時序，閃爍出現。

「資安管理者。妳確實厲害。」Molly 回頭，對從四面八方湧來的傭兵，做出一個貓咪握拳的可愛姿勢。「但抱歉，我還是要先走一步了。」

然後，Molly 算準那二十秒一次的時間差，破口完全呈現之際，她輕輕一躍，化成一道可愛迷人的身影，就要穿過了那個破口。

也就在此時，Molly 突然看見了，破口的前方，突然出現一個背影，這背影佇立於此，彷彿已經等待許久……

那背影尊貴的聳立在黑夜中，她一襲黑色長裙，左手垂著，握著一把大長劍，右手則舉著一座燭台。

燭台三色，紅色的火，藍色的火，以及黑色的火。

「該死！」Molly 這剎那，發出驚恐的尖叫。「Nox，夜之女神！」

然後夜之女神回過身，臉上緊閉的雙眸，緩緩張開。

透出裡面如月色般的銀色雙瞳。

滅殺。

下一剎那，夜之女神瞬間往前，左手舉起，月色長劍在空中畫出一道絕美弧形，殺氣萬鈞直朝著 Molly 的臉龐，劈了下去。

☆★☆

「夜之女神？」我感受到 Molly 的危險，同時發出慘叫。

「對，是夜之女神！」另一頭，Argus 語氣興奮。「你猜對了，我設計了一個逃脫破口吸引那個神奇的木馬程式，然後只要它觸動陷阱，就會啟動夜之女神！」

「Argus……可是，可是……夜之女神不是要安裝？不是很耗資源？」

「我有夜之女神的隨插即用版。」

「為什麼？我怎麼不知道，市場根本沒有賣……」

「市場當然沒有賣，因為這是研發工程師的版本。」

「研發工程師的版本？」

「對，因為我就是夜之女神開發團隊的首席工程師啊！」Argus 再次傳來笑臉，這次的笑容充滿驕傲。

「原來，妳，妳就是夜之女神的開發團隊？」我全身顫抖著。「妳這麼厲害？」

記憶中，Molly 曾經對上夜之女神，當時在我的電腦裡，最後夜之女神在百分之九十九時，被 Molly 驚險逆轉擊退，但那是因為我電腦的硬體資源不足讓夜之女神發揮全部實力。

但此時此刻，夜之女神所處的環境是我們公司的伺服器，其效能之優越絕對不是我那台小小個人電腦能比擬的，所以，夜之女神在這裡肯定能發揮百分之百的實力。

加上，夜之女神的開發者就在這裡，Argus 可以進入夜之女神的後台設定，針對戰鬥狀況進行微調。

換句話說，如果說夜之女神是一台兇暴的殺人機器，Argus 就是這台機器最優秀的操作員。

這樣的夜之女神，這樣的 Argus，Molly 是贏不了的。我的 Molly，我的旅行者，會死在這裡。

不行。

不行。

我能做什麼？

我慢慢起身，我知道自己可以做什麼？

去找 Argus，然後向她坦承一切，坦承旅行者的存在，就算被當瘋子也沒關係，就算因為放入 Molly 到公司的電腦而被舉報，也沒關係。

我得救 Molly，賭上一切我都要救她。是她每天晚上陪著我到處逛著街，談著天，看著山看著海，討論著人類與旅行者的不同，每天一起組成「喵喵人」，感受行俠仗義的快樂，我一定要救她，就算不知道接下來的自己，會發生什麼事？

我要實現 Molly 的願望，她說她想作夢，像個人類一樣作夢，我不能讓 Molly 在這裡就死掉。

我站起，吸了一口氣，就要朝著 Argus 走去。

但同時間，我手機跳出了一則訊息。Molly？

「阿海，此刻的夜之女神好強，強得和鬼一樣，夜之女神的原始設計者，是不是在這裡？」

「Molly！妳沒事吧！撐著點，我想辦法救妳！」

「可能沒辦法了吧，原來這就是夜之女神與原始設計者合體的威力，我得找地方躲，不行，我得找到能逃脫的地方。」

「但躲藏能多久？遲早會被找到。」

「對，如果夜之女神和設計者在一起，這座城市可能沒有一處角落是安全的，除非還有一個城市破口。」

「城市破口？」

「可惡，好厲害的夜之女神！對，但整個低空衛星的網域，都被 Argus 使用管理者權限給封閉起來，而且她好強，封閉得超級徹底，根本沒地方可以逃。」

「破口？低空衛星的網域？」這一瞬間，我像是想到什麼，剛剛我有問 Argus，如果把網域都封閉了，不會影響公司運作嗎？

Argus 說，因為低空衛星的開發計畫非常嚴密，所以網域是獨立的，她才能將其完全封閉，只要得到授權的人不要登入就好。

事實上也是，就算我們公司，也沒幾個人可以授權進入低空衛星開發計畫專屬的網域。

人數也許不到十人，可能是總經理，雅君學姊，Choas，還有一個……我？

「Molly！」我快速在手機畫面上打字，「我可以進入低空衛星網路！我有權限！我能做什麼！告訴我！」

「不行！阿海你如果打開破口，你會被發現的！」

「告訴我！」我雙手顫抖，快速操作電腦畫面，然後試圖進入低空衛星的網域，下一秒，畫面跳出了一個視窗，那是要輸入專屬的密碼。

我鍵入了自己的帳號密碼，登的一聲，門打開了。

「不行！這個管理者這麼厲害！你會被發現！」

「我一定會救妳。」我咬牙，拿起傳輸線，將手機與電腦連接。「我把手機連上，妳快進來！進到我的手機裡！」

當手機的螢幕亮起連接成功的訊號，我知道，這一秒，我的帳號成為了一條通道。一條連接「低空衛星」與「手機」的通道。

那是在整座巨大無比城市中，唯一的，僅存的，閃爍細微光芒的一條通道。

我不知道 Molly 是否能找到這通道？我不知道這通道能持續多久時間？我不知道除了連接上電腦，Molly 還要突破多少的關卡，才能潛入我的手機？

我都不知道。

但我能做的，就是祈禱。

把臉埋在十指交握的拳頭中，祈禱，喵喵人的組合，可以永遠持續下去。

☆★☆

時間，不知道過了多久，也許幾分鐘？也許只有幾秒？我不敢想。

直到，忽然一個很輕的叮咚聲，從我的手機傳來。

我把眼睛睜開，慢慢把目光移向手機畫面。

那訊息寫的是。

「Error，傳輸被強迫中斷。」

被中斷了？我身體微微顫抖著，Argus 發現了，所以把我的帳號從低空衛星網域中踢了出來？

所以，Molly 終究沒有逃出來？終究是沒有……

但就在「Error，傳輸被強迫中斷。」的下面，我的手機畫面上藏了一個小小的訊息。

「阿海。我出來了。謝謝。」

Molly 逃出來了！

在電光石火的零點一秒間，她找到寬闊城市中，透過我所製造的唯一出口。

那是一個只有一點五公尺大小，藏在街道暗巷尾端，與垃圾桶和陰影並存的出口。

Molly 當機立斷，開始大量複製自己，數百個 Molly 化成敢死隊衝向夜之女神，數百雙貓爪同時在夜之女神面前揮舞，讓夜之女神短暫地自顧不暇。

就在大量複製所製造的空檔，Molly 的真正本體急速俯衝，躲過夜之女神的長劍，也躲開三色蠟燭的炙熱光束，撲向那狹小且短暫的出口。

同時間，夜之女神也發現了異狀，她發出高亢的大吼，化成一大片黑雲高速滾動，捲向 Molly 本體。

Molly 死命狂奔，夜之女神不斷逼近，周圍都是嘶吼聲中追來的傭兵，Molly 太快了，在最後的零點一秒，Molly 用一跳縱入了垃圾桶與陰影的角落，那裡有我開啟的破口。

破口裡，迎面而來的是數百個色彩繽紛的解密封包，那是 Argus 設下最後的阻擋關卡，但對 Molly 已經不再是威脅，她雙手飛舞，有如破解魔術方塊般連續解鎖。

下一瞬間，夜之女神的劍已經到了，她高舉長劍，咻地一聲射入「出口」之中，試圖要在最後一刻刺殺 Molly，但劍鋒驚險穿過 Molly 背心的衣角，差點就傷及本體。

下一秒，鏘的一聲巨響，通道被鐵幕硬是封住，那是 Argus 用管理者權限給強行關閉了。

即使夜之女神與 Argus 使出全力，幸好 Molly 還是逃了，成功地逃到我的手機裡了。

而我呢？正當我鬆一口氣之際，忽然，我發現背部，被人用手指輕輕點了兩下。

我回頭，赫然看見 Argus 那張可愛美麗的臉蛋，正看著我。

「啊……」我想解釋什麼，卻又什麼都說不出來。

但，Argus 什麼都沒有說，只是看著我，那雙又大又亮的眼睛，定定地看著我，足足十餘秒。

就在我已經快要被她看得窒息之際，她終於開口了。

「晚上約好一起吃飯，一定要來喔。」

「Argus……」

「現在，不要說，」Argus 搖了搖頭。「我晚上，再聽你親口解釋給我聽。」

「嗯。」

「還有，」Argus 離去前回頭，表情認真，「不管那東西是什麼？它都很厲害！能讓夜之女神效能開到百分之百，我記憶中……只有 Orthrus 這個怪物可以做到。」

☆★☆

Argus 離開後，我急忙低頭，透過手機詢問 Molly 的狀況。

「阿海，我需要睡一下，夜之女神和她的原始設計者合作，實在太厲害了，我的主程式也有一定程度的損傷。」

「我懂。」

「真抱歉，我透過你的電腦逃出來，一定會讓你被懷疑。」

「不要這樣說，我是自願的，而且真的很開心妳安然無恙。」

「這一次，我可能會睡上一段時間，我把從伺服器深處取出來的資料，放在你手機裡的資料夾，你再給管理者看，也許……」

「也許？」

「也許，可以幫助你們一下……」

「啊！Molly！妳還好吧？」

「我很好……只是需要睡……睡……」

我只見 Molly 打出一串有如夢囈般的文字，然後就像是熄去燈光的機械，不再回答我了。

而我則是忍不住把手機放在懷裡抱了一下，輕輕說著。

「睡一下吧，今天早上辛苦妳了。」

然後，當我打開 Molly 的資料夾，裡面是一個類似純文字檔的東西，但我不禁納悶了。

因為裡面充滿了奇怪的符號，數字，編碼，有如上古文明的神秘圖騰，我看不懂。

Molly 拼命帶回來的文件，到底藏著什麼秘密？難道真的要伺服器管理者才能看得懂嗎？

就在我帶著懷疑繼續工作，中午休息時刻，一個人特地來找我。

「嗨，阿海。」

我抬起頭，本以為是老愛找我聊天的阿凱，結果有點出乎我意料，竟然是資安工程師 Choas。

「Choas？」我看著他，回想起早上和 Argus 的激戰，想到 Molly 曾經入侵他設置的防火牆，不禁有點心虛。

「今天早上，我們把低空衛星的網路完全封閉，為了進行檢查，有點不方便對吧？」Choas 微笑著。「我知道你也是低空衛星計畫的一員，不好意思呢。」

Choas 有著非常憨厚的笑容，看著他微笑，我內心也不好意思起來。

「沒事沒事，不能上網其實是打混摸魚的好時機。」我也回報一個微笑。

「早上 Argus 好像忙了一陣子，據說是發現那個喵駭客放的木馬，而且不太容易清掉。」Choas 抓了抓頭，「請你們暫時不要進去伺服器一陣子，希望不會打擾到你們。」

「沒啦。」我看著 Choas，腦袋突然有了一個想法。

Molly 最後留下的那個訊息，她說要管理者才能看得懂，但管理者除了 Argus 之外，其實還有眼前這個 Choas 啊。

畢竟，我有點抓不太到 Argus 對這件事的看法，雖然她知道 Molly 是從我的電腦逃出去的，但她卻沒有舉報我，似乎是有什麼話想對我說。

而眼前的 Choas 呢？他其實是本公司的超級元老了，他的資歷甚至比我，或是比雅君學姊還要早，每天都看見他像個誠懇的工友，忙進忙出的替大家處理電腦問題。

他的外型憨厚，肯做事，話也不多，雖然大家都和他不太熟，但這七八年下來，其實是非常信任他的。

至於他的資訊能力，我本來以為他就是一個平凡的資安工程師，但聽到 Molly 和 Argus 兩人都讚賞過本公司的防火牆系統，而防火牆這一塊，又剛好是 Choas 在維護的，表示他應該是一個技術力頗強的好手，如果他來看 Molly 留下的檔案，也許也能看出什麼。

想到這裡，我吸了一口氣，從口袋中掏出手機，滑了幾下，打開了那份有如天書般難以參透的文件。

「Choas，請你先不要問我這個檔案的來源，但我這裡有一份文件，可以請你幫我看一下嗎？」

「文件？」Choas 露出訝異的表情。「什麼文件，需要我看？」

「和資訊科技有關，其實雖然我也是工程師，但程式語言的部分，真的是隔行如隔山。」我說。「真的給他看不懂啦，幫我看一下？」

「好喔。」Choas 歪著頭，小心接過了我的手機。

然後，他看到了我呈現在手機頁面上，那密密麻麻，由數字、英文，以及各式符號所組成的文件。

我看著 Choas 的表情，只見他專注看著手機的頁面，向來沒有太大表情的他，在手機螢幕的藍色光暈下，臉上卻透著令人陌生的寒冷。

「怎麼樣？這到底是什麼？」我問。「你的表情好嚴肅喔。」

「啊，有嗎？」Choas 的表情瞬間恢復原本憨厚的氣質。「我跟你說，這是電腦的紀錄檔……這檔案主要記載著電腦在特定時間裡，發生的所有事件。」

「紀錄檔？但是我怎麼完全看不懂？」我湊上去看手機畫面，這些鬼畫符似的亂碼，是電腦的紀錄檔？

「因為這不是一般的紀錄檔，這是「根檔案」，也就是電腦自己的紀錄，使用的是電腦自己才看得懂的語言。」Choas 解釋著，「因為根檔案本來就是讓電腦讀取，而非人類，所以我們一定看不懂。」

本來就是讓電腦讀取，而非人類……對，就是Molly看得懂，但我們看不懂的文字。而Molly才剛拿出這檔案，就遭到Argus的捕捉，使得她也來不及將檔案解譯成我能看懂的文字。

「那該怎麼才能看懂它呢？」

「需要特殊的軟體才能重新編譯，我可以試試。」Choas拿著手機，「方便把手機借我一下嗎？」

「這……不方便呢。」我搖了搖頭，因為此刻我心愛的Molly正躺在手機裡面休息，我擔心Choas取出檔案的時候，會傷到她啊。

「不方便啊。」Choas低頭想了一下。「那如果請你把檔案複製出來給我呢？」

「嗯，先不用了。」我搖了搖手，我想如果Choas真的破譯了Molly帶出來的檔案，首先一定會問我檔案的出處，到時候解釋起來就麻煩了。

「是喔……」Choas眼神瞇起，向來老實的他露出了遲疑的神色。「根檔案這東西，一般是非常難從電腦中被取出的，阿海，你怎麼會有這一份檔案啊？」

「嗯，朋友給的。」我笑了一下，我沒有說謊，Molly確實是我的朋友。

「那你朋友蠻特別的。」Choas點頭，「你知道這是哪一台電腦的根檔案嗎？」

「不……確定。」這裡就不得不說謊了，總不能說就是你正在管理的伺服器的資料吧？

「嗯好。」Choas點了點頭，「我對這檔案蠻有興趣的，如果你朋友真的解不開，可以找我喔。」

「沒問題。」

等到Choas離開，我才稍稍鬆了口氣。

原來，Molly帶出來的是電腦專屬的「根檔案」，更是那個冒充喵喵人的駭客都無法刪除的紀錄，那表示資料裡面，真的藏著一切的解答？

至於那個解答是什麼？我想，今晚就會知道了。

第二章　那個名為天才的少女

當天晚上，我和阿凱不約而同的在五點半收拾電腦，準備下班。

巧的是，我們還在茶水間遇到雅君學姊，只見她露出詫異的表情看著我們。「這麼早下班？還兩個一起？你們打算要幹嘛？狂歡？」

「不是狂歡啦，是有飯局啦。」我抓了抓頭髮，笑著說。

「飯局？我記得你和阿凱是大學同學，是嗎？」雅君學姊想起了我和阿凱的孽緣，「所以是大學同學會嗎？」

「不，是……」我遲疑了一下，「是網友。」

「網友？」

「嚴格說起來，是戰友。」阿凱補充，「而且那個人妳也見過。」

「我見過？什麼時候？」雅君學姊臉上更是吃驚，同時間，Argus 也出現了，她正拿著杯子來洗，身上也是帶著一副正要下班的輕鬆氣氛。

「妳問什麼時候嗎？我告訴妳，就是此時此刻啊！」阿凱說完，比了比雅君學姊身後的 Argus。

雅君學姊回頭，剛好與 Argus 眼神對上。

「Argus，原來你們認識？」

「嗯。」Argus 也笑著。「我們確實是網友。」

「年輕人的世界，真難懂。」雅君學姊看了我和阿凱一眼，笑笑搖頭。

「雅君學姊，妳也很年輕喔。」我由衷回應。

「哈，我是老骨頭囉，那祝你們玩得愉快，注意明天上班不要遲到了。」雅君學姊意味深長看了我們一眼。「尤其是低空衛星的威脅，還沒解除哩。」

「是，舍監學姊！」阿凱舉起手，做出敬禮的姿勢。「我們絕對會九點半前回家，謹守宿舍規定！」

「什麼舍監？別不正經了！快去吧。」雅君學姊嘴角揚起，阿凱的蠢笑話，對雅君學姊這種嚴肅的女生，好像特別有用。

當我走出茶水間，我突然看見 Choas 也拿著杯子正站在外面，啊，所以剛才的對話他都聽到了嗎？哈，幸好我們沒說什麼垃圾話，他聽到應該也沒關係吧？

「啊，Choas，你在這？」

「嗯。」他看著我，神情有些古怪。「你和 Argus 認識？你說可以找朋友幫忙解開

『根檔案』？指的就是她嗎？」

「是認識，啊，根檔案的事，我之後再和你討論。」匆忙間，我來不及回答，就被阿凱拉著朝座位前進了。

然後，我們回到座位，拿起包包。

今天要準時下班！

☆★☆

這一晚，我們去吃了附近價格稍貴，但風評極佳的一家義大利麵，我們三人一開始氣氛還有些害羞，但隨著阿凱說起我們兩個在大學時的蠢事後，便熱絡起來了。像是去爬山吃泡麵沒帶筷子，只好一人用包裝紙捲起來舀，一人把原子筆的筆芯抽掉後，拿空筆筒當筷子。

或是兩人約好一起騎車去山下買麥當勞，買完之後回到宿舍，卻發現只有一個人，才驚呼一聲：「靠，我把同學丟在麥當勞門口了！」

我們成績都不算差，但也稱不上好學生，一整群朋友最多十七八人，談戀愛時他們就會離去，失戀時他們就會歸隊，朋友們來來去去，唯獨我們兩個始終固守陣地。

這個名叫「單身」的陣地。

就這樣，我和阿凱有如難兄難弟般度過了大學和研究所，最大的差別大概是阿凱話很多，而我話很少。

阿凱追過很多女生，從來沒有成功過。但我知道，背後偷偷喜歡阿凱的女生可是一點都不少，因為他是一個可以讓女孩整晚咯咯笑不停的男孩，而且，還有一顆熱情且願意照顧他人的心。

只是剛好緣分不到，阿凱就是沒遇到他喜歡，而對方也喜歡他的女孩。

看著不斷被阿凱逗得哈哈大笑的 Argus，我忍不住想，會不會這個聰明絕頂的駭客女孩，就剛好是阿凱的真命天女？

這個晚上，我們晚餐從六點半吃到了九點，整整兩個小時的時間，眨眼就過去了，Argus 沒有提到半句關於夜之女神和 Molly 的事，這一晚，彷彿真的只有敘舊和老朋友相聚的放鬆與快樂。

而就在我們酒足飯飽，拿起外套在門口道別時，阿凱問。「Argus，妳是來我們公司支援的，妳住哪？」

「嗯，我住的地方也不算遠，坐計程車也是可以的。」

「那需要我送妳回去嗎？」阿凱試探性的又問了一句。

我聽到阿凱用了「我」，而不是「我們」，我大概已經明白了阿凱的用心，事隔多年，阿凱終於遇到除了雅君學姊外，另一個令他有興趣的女孩了。

「好喔，」Argus 露出笑容，雪白的牙如衝浪女孩般可愛。「不過，我想請阿海送我回去，可以嗎？」

她特別點名我？我一呆，瞬間明白 Argus 的意思，她終於要問我早上發生的事了。

只是這句話一出，阿凱先是愣住，隨即笑了，然後用手環住我的肩膀，另一隻手握拳，用力打了我的胸部一下。

「好樣的。」

「你誤會了，不是你想的那樣。」我苦笑。

「Argus 超正。」阿凱低聲在我耳邊說。「看在兄弟分上，這次讓你了。」

「真的不是你想的那樣啦。」

「說真的，我對女人的直覺超準。」阿凱聲音變低，我知道那是認真的聲音。

「Argus 是一個很好的女孩，別辜負她。」

「喂！真的不是……」

「好啦，好好享受溫馨接送情啦。」阿凱揮了揮手，擺出他自認最帥的 Pose，那是海賊王魯夫舉起單手，帥氣的背影瀟灑離開了。

等到阿凱離開，我和 Argus 兩人互相看了對方一眼，少了聒噪但絕不冷場的阿凱，氣氛突然變得尷尬起來。

正當我思考著，我是不是應該先把 Molly 給的根檔案給 Argus 看時，她卻開始邁步向前，我趕忙追了上去。

「現在九點，阿海，你應該不會那麼早睡吧？」Argus 一笑。「陪我走走，我記得這間餐廳旁邊有座公園。」

「好……」

我就這樣和 Argus 一起走著，走入了公園，而她纖細嬌小的背影，慢慢踱步著，此刻的她，讓我覺得頗為不同。

沒有白天上班時頂尖資安工程師的幹練，沒有剛剛和阿凱吃飯時那笑聲不斷的活潑，此刻漫步的她，靜謐而溫柔，像是在享受著此時此刻，我突然覺得，會不會這才是她最真實的模樣。

「阿海，我要告訴你一個秘密。」突然，Argus 開口了。

「什麼秘密？」我呆住，本以為她會追問我早上的事，沒想到卻是她要先告訴我一個秘密？

「那個秘密就是，我不只是資安工程師，我還是一位駭客。」Argus 笑得甜美。「而且是很厲害的那一種喔。」

「呃。」我一呆，就我所知駭客們是棲息在黑暗的一群高手，他們在網路很囂張，但在現實生活中卻非常低調，哪有人自己說出來的啊？

「你一定在想，哪有駭客自己說出來的？對啊，因為是你，所以我決定認真說出來。」Argus 回頭，大大的眼睛正凝視著我。

「因為是我？」

「我說過，我對你沒有惡意啊。」

「嗯。」

「之所以成為駭客，也不是我一開始就想要的，我高中念的是女校，那時候電腦老師在課堂上打開了一段程式語言，他原意可能是炫耀，我記得我們班上的女生發出「那是什麼啊？」「誰看得懂啊？」「天書嗎？」的竊竊私語時，同時間，我卻被我自己嚇了一跳。」Argus 說。「因為，我竟然看懂了。」

「這麼厲害？」我相信資訊工程很吃天賦，但在沒有人指導的狀況下，直接看懂其中的脈絡，Argus 的天賦很驚人啊。

「對，那一行一行乍看之下沒有什麼規則的語言，我竟然看出了它的邏輯，雖然我還不懂指令列，但我知道它想要驅動什麼，而驅動的邏輯，軌跡，方式，竟然被我看出來了。」

「厲害！」

「因為覺得有趣，我就去圖書館找書來看，那些被我同學笑為無人能懂的天書，被我一本一本讀過，後來我不滿足，上網去搜尋，這時，我遇到了我的師父。」

「師父？」

「叫他師父可能有點怪，我也從來沒有看過他本人，但他卻教了我除了書本之外，更多奇詭的程式手法，木馬安裝，暴力破解密碼法，或是僵屍電腦分散攻擊，我後來知道，這些是駭客專用的手段。」

「當時妳才高中生？」

「是啊，一年後我順利考上大學，資工科系，我們班上才兩個女生而已，因為女生少，班上的同學都爭相想要教我電腦，但我才聽了幾堂課，就知道這些東西太簡單了，而那些被稱做資優生的同學，根本就是網路世界的小菜鳥而已。」

「誰會想到妳一個可愛的女孩，嗯，電腦這麼厲害？」

「可愛嗎？謝謝稱讚，但，我其實很後悔呢。」Argus 說到這段，大眼睛緩緩閉上，「我本來照著師父教我的，努力當一個低調的駭客，但到了大學，我卻像解開了束縛，到處探索，留下足跡，在暗網潛行，師父說，我是他教過最有天分的學生。」

「真是神奇。」我想起了Molly，她也在網路上探索，那宛如巨大海洋的網路世界，肯定迷人。「只是，妳為什麼後悔呢？」

「因為，我忍不住開始……窺看了。」

「窺看？」

「我可以輕易潛入同學的電腦，窺看裡面的照片，窺看他人的秘密，操縱他們電腦的視訊網眼，看到他們房間的一切，那感覺像吸食毒品一般令人著迷，平常光鮮亮麗的人，房間如垃圾堆般骯髒；平時道貌岸然的男老師，私底下卻偷藏幼女裸照；看似要好的同學，私下可能在抱怨對方是賤女人……」

「啊。」

「窺見他人秘密一開始令我著迷，但一段時間後，我發現自己開始混亂，我忘記怎麼和人相處，我變得多疑，混亂，自閉，我交了幾個男朋友，都因為窺見他們的秘密而分手。」

「這樣，很糟糕啊。」我看著Argus姣好的面容，她皮膚微黑，身材嬌小，笑容可愛，我完全無法想像她是可以窺見所有人網路秘密的超級駭客。

更無法想像她正因為這項特異能力，感到混亂迷惘。

「是啊，這樣的日子持續到我從大學畢業，直到有一天，我師父突然失蹤，他是我網路上最好的朋友，他的失蹤讓我頓失所依，我開始探詢他的下落……」

「那妳有找到嗎？」

「沒有。」Argus 搖了搖頭。「有人說他金盆洗手從此不幹了，有人說師父網路上很威風，私底下生活糜爛已經病死了；有人說我師父被最強的白帽駭客伊希斯盯上，終於被擊敗並逮捕了；也有人說他惹上了頭號黑帽駭客蚩尤，最後對決敗北；甚至有人猜他就是蚩尤本人，但我知道他不是，我相信的是最後一個說法……」

「哪一個說法？」

「師父的消失，是為了追尋『腦內晶片』的秘密，所以隱身起來了。」

「嗯，腦內晶片啊。」我不解地搖頭。

「腦內晶片，能將網路世界與人腦結合，坦白說，不只先進，甚至可說是禁忌之術，他一定是發現了什麼，所以乾脆隱身追查了。」Argus 嘆氣。「但，無論師父是什麼原因消失，當他一消失，讓我連假裝自己的力氣都沒有了，直到……」

「直到？」我看著 Argus 的臉龐，她抬起頭看向我，剛剛的陰霾，奇妙的緩緩散去。

「直到我開始玩Ｇ16，然後遇到了你和阿凱。」

「咦？我們？」

「對，和你們一起玩Ｇ16，像是回到我小時候，玩著那些簡單的玩具，不用太高明，不用太費心機，只要享受對戰的樂趣，享受和你們一起大叫大笑的單純。」Argus 說到這裡，臉上的陰霾已經完全散開，取而代之的，是一片柔和的陽光。

「是啊，我也喜歡Ｇ16。」我笑了，而且我好像能理解 Argus 所說的，她的能力太強，深入各大網路窺看與布局之後，能夠回到兒童時期單純的遊樂，才是最好的治癒方式。

我喜歡Ｇ16，也是在高壓的工作之中，找到放鬆自己的方式。

「阿海，你還記得你第一次對我邀戰時，說過什麼嗎？」

「啊，我忘了。」

「你說，『嗨，我第一次看到你耶，要一起玩Ｇ16嗎？互相 carry 很好玩喔。』」

「啊？」我一聽也跟著笑了，我好像這樣說過，不過那時候我以為 Argus 是男生。會取希臘神話中百眼巨人 Argus 綽號的，通常是男生不是嗎？

「對啊，打Ｇ16真的就像兩人互相 carry，你罩我，我罩你，用手指，用眼睛，用鍵盤，用滑鼠，和伙伴與敵人一起，共舞二十分鐘。」Argus 閉上了眼。

「呵呵，那天阿凱突然沒空，我好想打Ｇ16，所以找了陌生的妳一起組隊，那也是我唯一一次主動問陌生人呢。」

「對，那也是我唯一一次答應陌生人的邀戰，而那次的對戰，雖然默契爛得要命，比賽輸得亂七八糟，但卻是我玩過最快樂的一場比賽，更是最美好的一次舞。」

「嗯，我也記得那一次，超好玩。」我閉上眼，對，聽 Argus 說我也想起，那次的比賽真的打超爛，但我也是印象深刻，尤其是對 Argus 這個人……

因為當時 Argus 的技術雖然不好，但她是一個有趣的人，在遊戲的布局與中間不時的對話交談，可以感覺到一種專屬於她的溫柔天性，只是當時完全沒有意識到她是女生就是了。

「嗯，從此我和你，以及阿凱，就一直組隊下去了。」

「呵呵，是啊。」

「很神奇的是，因為G16有了寄託，竟讓我重新回到生活的軌道，雖然其他人可能看不出來啦，我進入防毒軟體公司，然後和團隊一起設計了夜之女神，之後又被低空衛星的公司相中，負責他們的資訊安全，剩下的，你應該都知道了。」

「嗯，這段時間妳應該很忙，但妳還是繼續玩著G16。」我點頭。

「是啊，只要你們還在G16，我就會一直玩下去。」Argus 微笑著。「你曾經說過，我不像是一個純粹的玩家，總是在觀察著別人，真是抱歉，這是我的本能，但我要澄清，我從來沒有用駭客的能力，去窺視過你們。」

「嗯，我相信，要不是阿凱那個大嘴巴什麼都說……」

「嘻嘻，他把一切都公開，我就算不想看也沒辦法啊。」Argus 笑了，此刻她臉上的陰影已經全部散去，剩下的，是我熟悉無比，在G16和我們一起歡暢大笑的老戰友。

「妳是駭客，啊！難道與KZ的網頁爭奪戰中……」突然間，我想到了 Molly 說過，那場爭奪戰中，有一個厲害的白帽駭客，他一個人清除了百分之七十的搗蛋鬼，要不是四個網頁太脆弱，他應該可以守住G16。

而且，就是他以超卓的追蹤功力，緊咬著 Molly 的身影，一前一後追過了大半個地球的網路，迫使 Molly 必須遁入暗網，才能擺脫此人的跟蹤。

「嗯？」

「是妳對嗎？是妳帶領白帽駭客，守住了前三個網頁的戰果？要不是第四個網頁太脆弱……」

「嗯。」Argus 看著我，早上那沉靜複雜的眼神，又出現了。

「啊。」看到 Argus 這樣的眼神，我頓時住口。

「阿海，你怎麼會知道這麼詳細？如果不是身在其中的駭客，不會知道這麼多的。」Argus 淡淡笑著。「對，我承認，那個白帽駭客是我，最後試圖追上神秘程式的，也是我。我已經說完了我的故事，接下來，換你了，阿海。」

接下來，換你了，阿海。

聽到 Argus 這樣說，我只覺得口乾舌燥，我該怎麼描述我遇到了一個會思考，會說話的程式？

「我，我不是駭客。」我慢慢地說著。

「我知道。」Argus 看著我，眼神中清澈沒有半點懷疑。「你不像駭客。我們駭客可以分辨彼此，你不是駭客，你只是一個普通工程師。」

「那，妳想知道什麼？」

「就看你告訴我什麼囉。」

「我……」

我看著 Argus，她確實將她的故事真誠告訴了我，一個從小對程式天賦異稟的女孩，她曾為此驕傲過，卻也為此迷惘混亂過，但因為G16這遊戲而與我們產生了交集，更將她從那份悲傷中拯救出來。

面對如此真誠的 Argus，我也該誠實將自己的故事說出來，但，這已經不是我的事情了，還有 Molly。

還有……

但就在此刻，忽然間，我感覺到手機震動了兩下，一長一短。

這種震動方式，是我和 Molly 約好的暗號。

她醒了？

正當我在 Argus 的眼神注視下，猶豫著要不要拿起手機來看時，手機又再次震動起來，登登登，連續震動了三次，又登登登，再連續震動三次。

Molly 有什麼緊急的事情要告訴我？

正當我猶豫不決時，反倒是 Argus 露出了諒解的微笑。「阿海，你的手機一直在叫，要不要接一下？」

「對，對不起。」我擦了擦汗，從口袋中拿出手機。

但，當我拿起手機螢幕的瞬間，看見 Molly 留下的訊息，我的表情瞬間變了。

因為，螢幕上寫的是……

「阿海！小心！有駭客正要侵入你的手機！」

「駭客？」我打開了手機畫面，除了 Molly 的警告訊息之外，Molly 又多放了一整頁的入侵記錄。

那是一整頁奇怪的ＩＰ，數十筆入侵的資料，而且資料不斷往下，顯然正在累積中。

「對方似乎想要奪取你手機裡面的某個檔案，所以不斷想要入侵，哼，雖然我在睡覺，但我張起的防禦網還是自動抵禦的，要入侵有我存在的手機，可沒有那麼容易。」

「對方是誰?妳知道嗎？」我快速打字。

「對方不斷變換ＩＰ，顯然也是個駭客老手，一時查不到。」

「那他想要拿到什麼檔案……？」我才問了這句話，突然就想起來了，我的電腦裡面裝了一堆私人無用的垃圾，唯一最有價值的兩個東西，一當然是神秘的旅行者 Molly，二就是不久前 Molly 才從低空衛星的網域取出來的「根檔案」。

「那個駭客想要我拿出來的根檔案嗎?」 Molly 也想到了，她如此問我。

「對。」我手握著手機，想起了這個根檔案，原本應該交付的對象……其實就在眼前而已。

這個身材嬌小，短髮，眼睛大，有著絕對是多數男生想要疼愛的外表，但內心卻是足以在黑暗網路世界獨霸一方的女孩，Argus。

「嗯？」Argus 歪著頭，她安靜等在一旁，直到她發現我抬起了頭，目光看了過來。

「Argus。」我吸了一口氣。「我先給妳看一個東西，妳看完之後，我再和妳解釋這一切。」

「喔？」Argus 露出不明白的微笑，接過了我手機畫面。

此刻，畫面上正是 Molly 今天早上冒死從低空衛星伺服器中帶回來的，根檔案。

而我則從 Argus 的臉上，清楚感覺到她表情的變化。

原本那個等待我的回答，帶著少女純真的神情，表情變了，她眼神轉為專注，眉毛微微揚起，單邊嘴角甚至上挑。

這樣的表情好帥，就是她身為頂級駭客的表情嗎？

「這是『根檔案』？」Argus 抬起頭。她果然和 Choas 一樣，認出這檔案的來歷。

「對。」

「而且，還是低空衛星伺服器的根檔案，日期從前幾天被駭客入侵到今天早上。」

「啊，妳知道？」

「因為有些代碼很獨特，所以一看就知道是低空衛星的根檔案，阿海，我真的很想問你，你怎麼從電腦深處挖出來的？不過……」Argus 那帥氣的表情不變。「但，我想你現在希望我做的，不是這件事吧？」

「確實不是。」

「你想要我解開這個根檔案？」

「嗯。」

「好。」Argus淺淺一笑，轉身大步往前。

「去哪？」

「還用說，」Argus回頭。「到我家。」

「啊？」

「十五分鐘。」Argus頭也不回地往前走著，「我就可以把根檔案轉譯出來，然後……」

「嗯。」

「讓我們來看看，是誰在那天晚上入侵了伺服器？也許那人能瞞過人類的眼睛，但絕對瞞不了電腦自己的眼睛啊。」

☆★☆

我們一起坐了計程車，來到女孩的家裡。

雖然此刻的Argus正處於超級帥氣的「駭客」狀態，似乎完全沒有顧忌男女之嫌，我還是有點害羞。

還好，Argus的房間，很平凡。

兩房兩廳，坪數約末三十，客廳中有電視，廚房中擺著簡單的廚具，Argus 的生活習慣，簡單中帶著一絲理工女孩的氣息。

不過，在這些平凡之中，還是有一個非常不平凡之處。

那就是她兩房中，除了「臥房」以外的另外一房，我不知道該怎麼稱呼這一房，一般是客房，書房，但她的這一房應該說是「機房」。

這是「機器」居住的房間。

一張超大的書桌，一張舒適的工作椅，工作椅上擺著女孩的粉白色護腰墊，而那張書桌上共有四個螢幕，兩台主機，還有一台閃爍各色光芒的，像是伺服器之類的東西。

「因為伺服器需要散熱，所以這間的冷氣比較強一點，多擔待。」Argus 對我微微笑，伸出手，「手機給我一下，我把檔案抓下來。」

「嗯……」我想起 Molly 還在裡面，稍有遲疑。

「原來你的秘密和你手機有關？放心啦，我只取根檔案。我可是駭客呢。」Argus 微笑，此刻的微笑還是很帥。「我要偷你東西，根本不需要用這種手法。」

「也是。」我也微笑一下，把手機給了 Argus，交付過去時，我忍不住說了一句。

「妳的電腦不會用防毒軟體掃描我的手機吧？」

「通常不會，如果有，我也可以迴避這步驟，你怕？」

「怕倒是還好，但還是麻煩妳取消一下比較好。」

其實，我不是怕 Molly 被防毒軟體掃出來，而是怕妳的防毒軟體被 Molly 給解除安裝啊，基本上，只要不是叫出夜之女神，Molly 是所向無敵的。

「嗯好。」Argus 把我的手機接上了電腦，螢幕閃爍了一下，表示接通。

而我在路上已經偷偷告訴 Molly，等一下會有這樣的步驟，而 Molly 也在手機接通的瞬間，找一個地方好好藏好。

只要 Argus 不要刻意啟動防毒軟體，Molly 的存在是不會被發現的。

不到三十秒，Argus 已經將根檔案拷貝進入她自己的電腦，然後她所做的事情我就有點看不懂了，她似乎關閉了原本的 Windows 系統，並轉由其他的系統進行解譯。

「要翻譯電腦的語言需要好幾道工序，可能還要十三分鐘，嗯，比我想的還要短。」Argus 從她舒適的大工作椅上，轉了半圈回來看著我。

「你想喝些什麼嗎？」

「水就好。」

「我有礦泉水。」

「不會剛好有深層海洋水那一牌吧。」

「有喔，我有買一箱呢。」Argus 露出驚喜的表情，起身走向廚房。「你也喝深層礦泉水？」

「嗯。」我笑了。「這是工程師的懶惰，就算平常會煮水，還是買一箱礦泉水來囤著。」

「真的，我們默契不錯。」Argus 走到廚房拿了兩罐水，一罐給我，一罐給自己。

我也因為這份神奇的默契而忍不住微笑，一般到人家家裡拜訪，會以泡茶或是咖啡之類的飲料宴客吧？各自拿一罐礦泉水來享用，Argsu 還真有工程師的風格，但也因為這樣，讓我覺得更自在了。

兩人各自喝了幾口水，Argus 先開口。

「根檔案會記錄電腦的一切，所有雞毛蒜皮的事件都會被記錄下來，所以解譯之後，還要花些時間整理。」Argus 說，「不過也因為如此，駭客再細微的足跡都會被留下來。」

「原來如此。」這時，我的手機上又登登登跳出幾則訊息，這是 Molly 擋下那些古怪入侵的訊號。

「你的手機今天好像很忙？」Argus 微笑。

「嗯，是今晚很怪。」我說，「好像一直有人想要侵入我的手機。」

「有人想入侵你的手機？你有亂點一些簡訊或網頁的連結嗎？」

「沒有，我不會幹這種蠢事。」我搖頭。

「嗯，我想你也不會。」Argus 歪著頭一會，忽然睜大眼睛，「你什麼時候開始遭到入侵的？」

「今天晚上。」

「那你的那個根檔案，是什麼時候拿到的？」

「今天早上。」

「那我問你，這檔案除了我，」Argus 看著我，眼神認真嚴肅，「你還給誰看過？」

「我還給誰看過……」我一愣，當時 Molly 只說要給管理者看，而管理者就這麼兩個，除了 Argus，就是……「我給 Choas 看過。」

「Choas？」Argus 也是一呆，可能想不到是這個名字吧。「早上給他看的？」

「對，早上。」

「他怎麼說？」

「他也認出了這是根檔案，然後，他問我這是哪台電腦的根檔案？」

「他也認出這是根檔案？程度不錯啊。」Argus 沉思了幾秒，「但，如果他認出了根檔案，應該就認得出這是伺服器的，畢竟他才是最熟伺服器的人，裡面的代碼他應該最熟才對。」

「所以……」

「他沒有說真話。」Argus 眉頭皺起來。「但，如果真的是他，為什麼到晚上才發動入侵？」

「我不知道，如果是他，我們最後一次見到他，是在下班時的茶水間外面……」

「對。」Argus 眼睛再次睜大。「因為在茶水間外面，他聽到了我和你要去吃飯，表示我們其實是認識的。」

「對。」我也跟著懂了。「他本來不怎麼害怕，因為要解譯根檔案並不容易，更要擁有伺服器的某些權限，除了他自己，就是 Argus 妳有了。」

「對。」

「所以，他開始想要入侵我的手機！」

「他目前為止入侵失敗。」Argus 說到為止，像是想到什麼似的看了我一眼。「你的手機防禦不錯啊，竟然讓他失敗了一個晚上？」

「嘿。」我抓了抓頭髮。因為我有 Molly 啊。

「但我們回頭來想，如果 Choas 是駭客，他試圖掩蓋真相所以要奪取根檔案，如果他始終奪取不到，他會做什麼？」

「他會來搶我手機？」

「在現實世界行兇，不是駭客的行為法則啦。」Argus 莞爾一笑。「他發現你的防禦強得不合理，首先會先懷疑，是我在暗中幫你。」

「這推論蠻合理的。」

「然後他就會推論出，你已經和我說了根檔案的事，所以他知道，自己的詭計遲早會東窗事發。」

「他知道自己的詭計會被識破，然後呢？」我一呆。「他會逃跑嗎？」

「也是有可能，但還有另一種可能，」Argus 神情嚴肅，眉頭緊皺。「事實上，如果是我，也會選第二種可能。」

「什麼可能？」

「那就是，提前發動計畫。」

提前發動計畫？這一剎那，我感到呼吸整個緊繃。

計畫？他的計畫是什麼？

然後就在下一秒，Argus 背後的電腦發出嗶嗶兩聲。

「解譯完成了！」Argus 一邊說，一邊轉過身子，讓身體迎向了電腦螢幕。「讓我們來看看，電腦中有沒有藏著混蛋駭客想做什麼的秘密吧？」

然後，我從背後看見了 Argus 的背部，陡然整個拉直，那是人類見到驚異事物時，無法避免的反應。

Argus 看見了什麼？

我側過身子，繞過 Argus 的背部，也想要看清楚電腦上到底展現了什麼？

那是密密麻麻由一堆由日期，指令，各種英文單字組合而成的檔案，雖然沒有本來的根檔案這麼陌生，但也不是那麼容易閱讀。

但這堆冷硬的檔案中，卻有一個字，像是有生命般，跳入了我的眼中，讓我身體像被閃電擊中般無法動彈。

那個字是……

Orthrus！

所以，Choas 的計畫，就是這個單字：Orthrus！

「等我，我打個電話。」只見 Argus 從桌上抓起電話，按下快捷鍵，接通到了某處。

我聽到她以極快的說話速度和對方說明，裡面夾雜著許多資安專有名詞，也混著一些英文與中文，然後當她掛上電話，又快速操作鍵盤，不斷發送訊息出去。

我知道，她正在啟動整個低空伺服器的防禦網，因為電腦裡面的根檔案不會作假，若它寫著 Orthrus 這個字，那表示……Orthrus 真的已經潛伏到了伺服器裡面。

Orthrus 的恐怖傳說，至今仍讓整個電腦界餘悸猶存，如果它真的從地獄的深淵中回來了，就表示我們必須集結全部的力量防禦它。

而我感受到 Argus 緊張的氣氛，我默默退出她的房間，打開手機，低聲呼喚 Molly。

「剛剛妳有聽到我們的對話嗎？」我小聲說。

「有。」Molly。

「看樣子駭客的元兇就是 Choas，幸好妳的根檔案紀錄著駭客的行蹤，所以現在也許還來得及阻止 Choas 啟動 Orthrus。」

「嗯……」Molly 卻在此刻，發出了遲疑的聲音。

「怎麼？」

「安靜了。」

「什麼安靜了？」

「攻擊安靜了。」Molly 說。**「整個晚上，駭客綿密不斷地入侵，卻在三分鐘前，安靜下來了。」**

「啊，妳的意思是？」

「表示……」Molly 說，**「那名駭客開始集中力量做某件事了，那也表示 Argus 可能猜對，他會提前發動計畫！」**

他會提前發動計畫？我感到全身戰慄，Orthrus 要出來了嗎？這一晚，恐怕很長很長了啊。

☆★☆

時間，十點二十六分，距離我們從餐廳離開，約莫一個小時半。

Choas 在三分鐘前停止了入侵，這表示他放棄本來的計畫，已經展開另一個計畫了嗎？

我走入了 Argus 所在的房間，她對我說。「阿海，我已經聯繫上低空衛星的總公司，他們也加強了防火牆，接下來我們要沿著根檔案紀錄，去找到 Choas 藏匿 Orthrus 的地方。」

「嗯！」

「幸好有你給的檔案，希望，這一切還來得及。」Argus 吐出一口氣。「Orthrus 和低空衛星網路，兩者如果合而為一，其災難絕對是難以想像的。」

「難以想像？」

「沒錯，Orthrus 最囂張的戰績，是癱瘓了全球股市，造成上百億的損失。」Argus 說。「但是，那時損失的只是錢而已。」

「幾百億美金，那已經很可怕了吧？」

「不，你想想看，如果讓 Orthrus 入侵了低空衛星的網路，就算低空衛星至今只發射了預計數目的百分之五，也有五六百枚低空衛星，正順著地球的軌道運行。」

「數百枚……」

「這些低空衛星所在位置是距離地表約四百公里，就算不像高空軌道衛星那麼快，速度仍有每小時兩萬七千公里左右，那是非常快的速度。」Argus 說。「如果，Orthrus

感染了它們。」

「Orthrus 感染了它們……」這秒鐘，我好像懂了。

Orthrus 是有名的破壞型病毒，它像是一枚不穩定的炸彈，會潛入系統的最深處，進行無法復原的毀滅性破壞，所以被它感染且發病的電腦，通常都只有報廢一途。

這些只是個人電腦，壞掉就送去修，修不好就買一台。

但，如果壞掉的是正在四百公里的高空上，時速兩萬七千公里迴轉的高速物體呢？

「墜落。」我感覺到自己的嘴唇發白。「那些衛星會墜落。」

「對。」Argus 苦笑。「當時和ＫＺ遊戲對打，壞掉的只是網頁，就算是股市崩盤，也只是金錢帳戶數字上的減少，但這一次，可是在我們人類頭頂天空飛的東西，一旦落下……」

「運氣好，掉在荒野。」我吞了一口口水。「運氣不好，就會掉在……」

「掉在地狹人稠的城市！」Argus 回答。

「可能會有人死掉！」

「如果撞到像是鐵軌上造成出軌，那就是上百人喪命！」

「我們一定要阻止他！」

「對！我們一定得阻止這瘋子！」

「我已經通知了低空衛星的總部，所有人都嚴陣以待，接下來只要破解……」

就在 Argus 要把這句話說完之際，忽然一個尖銳的警笛聲，從 Argus 背後的電腦主機傳了出來。

然後，電腦螢幕閃爍著驚心動魄的大片紅色。

「怎麼回事？」我感到手心冒汗。

「有一顆低空衛星失控了。」Argus 緊急回身，急抓滑鼠，另一隻手快速在鍵盤上操作著。

「啊，也就是說……」

「是的！Orthrus 開始行動了！」

螢幕光倒映在 Argus 原本黑得發亮的皮膚上，變成一片冷白，我彷彿看見她神情之專注與認真，而她所說的話，更透著一股令我陌生的狠勁。

「Orthrus，真的是你，三年不見了啊，」Argus 冷笑著。「上次我們發動全世界的網路力量圍剿你，沒想到你竟然還沒死透啊！」

☆★☆

這裡，是遼闊一望無際的蒙古草原。

此刻，草原的上方夜空，一個光點正在異常閃爍著。

閃爍的速度，越來越快，越來越急促，然後所有的閃爍串成了一條，變成危險的紅光。

接著，紅光正在變大，不，這不是變大，而是變近，從天空中，有如一道戰慄狂暴的流星，筆直衝下。

衝下時與空氣產生劇烈摩擦，讓這物體全身發出白色火光，有如一團火球，朝地面猛襲而來。

遠處村莊的人們，似乎發現了天空中的這一道異常，他們抬起頭，親眼目睹這團火球，以惡魔撒旦般毀滅一切的氣勢，直墜到地面。

地面，是一大片沙漠。

百噸的沙子被炸上天空，在數百公尺的雲層中短暫停留後，化成一大片一大片的瀑布，嘩啦啦地落下。

幸好，此地是一望無際的沙漠，沒有人居住於此，連生物都深藏在遠處的地底，所以這次的墜落，並沒有造成任何傷亡。

只是這次的爆炸仍驚動了附近村莊的馬匹，驚惶的馬匹爭先恐後的逃出馬廄，也驚醒了村民，為了追尋失控的馬匹，村民們因此找到了掉落的神秘墜落物真相。

是一台機械？

村民們指指點點，然後仰起頭看向夜空，神情驚恐。

他們開始喃喃祝禱，祝禱這來自天空的科技，不是一種人類自我毀滅的前兆。

而遠在數萬公里外的台灣這一側，一名女工程師，此時此刻正奮力搜尋著每顆衛星，同時間，她也從螢幕中發現了這次的墜落事件。

「編號七十四號衛星失去消息，可惡，墜毀了。」

就在兩秒後，一個來自俄羅斯的工程師，回傳了他所知的訊息。

「是的，編號七十四號衛星確定感染 Orthrus 墜毀，幸好落下處屬於無人沙漠，應無傷亡。」俄羅斯工程師這樣說著。

「幸好 Argus 提前將根檔案寄出來，讓我們察覺了對方的陰謀，也逼使駭客提前發動攻擊，若再拖下去，只怕 Orthrus 已經感染了所有的低空衛星。」另一頭，一個泰國工程師這樣回報。「目前從網域去切分，推估可能感染到的衛星應該有四十六枚。」

「目前在空中運行的低空衛星共有五百二十九隻，只有百分八點六九的感染率，已經算是不幸中的大幸。」這位工程師來自荷蘭。「請各位以自己的區域為主，分別進行病毒的清掃。」

還有四十六枚被感染啊。Argus 她回頭看了我一眼，我在她眼中看到了擔憂。

四十六枚衛星雖然數目不算多，但只要有一枚，對，僅僅一枚，掉到城市中交通樞紐的位置，恐怕就是百人以上死亡的巨大災難。

Argus 像是下了一個決心，吸了一口氣，雙手回到鍵盤上，開始與來自世界各地的資安工程師們展開對話。

「對手是 Orthrus……」這時，Argus 寫到。「各位一定都聽過它三年前癱瘓了美國股市的可怕事蹟，雖然我們已經算是高手，但這病毒非常棘手，所以我有個建議……」

「Argus，是妳提前預警這件事，讓感染率被控制在百分之八點六九，妳功不可沒，有意見請說。」美國工程師顯然是這群工程師中的領導者，他寫到。

「只要有一顆衛星墜落城市，甚至墜落到人口稠密的位置，就可能造成無法想像的災難，所以我們必須努力確保四十六枚衛星上的 Orthrus 都被清除，不造成任何無辜民眾的傷亡。」

「妳說的沒錯，我們經不起任何一次失敗。」美國工程師說，「那妳的建議是？」

「我的建議是……」Argus 深吸了一口氣，因為她知道她接下來所說的，將具備多強的衝擊力。「我們在網路上公布這件事，請三年前曾經從世界各地聚集而來的高手們，再來圍剿一次 Orthrus！」

我們在網路上公布這件事，讓三年前曾經從世界各地聚集而來的高手們，再次圍剿一次 Orthrus！

這句話一出，頓時換來一大片死寂般的靜默。

直到，美國工程師打破了這片靜默。「Argus，妳知道在網路上公布這件事的後果嗎？」

「我知道。」

「全球恐慌，我們公司股票崩盤，我們就等於親手摧毀了自己的公司。」

「嗯。」Argus 雙手微微顫抖，「但至少比讓墜毀的低空衛星親手摧毀一個又一個無辜家庭，還要好，不是嗎？」

這個聚集了全世界守護低空衛星工程師的群組裡，此刻一片安靜。

「當年，我是參與圍剿 Orthrus 的工程師之一，我可以證明……」這時，來自法國的一個工程師開口了。「它，真的是一個怪物。」

「怪物？」

「對，我之所以用『怪物』來形容它，是因為我在追捕它的時候，我甚至覺得，自己在對付的，是一個活的東西。」

「活的東西？」網路上的工程師們，頓時譁然了。

「說活的好像太不科學，但它會進化，會突變，會針對我們的對策進行改變。」法國工程師寫著。「它真的像是活的程式。」

像活的程式？這一剎那，我又感到強烈的熟悉感。

活的？活的程式？好像……Molly 啊。

旅行者也是一個程式，但我也感覺到旅行者是真實的，會不斷改變與進化的，為什麼每個描述 Orthrus 的人，都給我這麼類似的感覺？

也就在此時，我看見自己的手機上，跳出了 Molly 的訊息，因為我擺放手機的方式，讓 Molly 也可以看清楚 Argus 螢幕上的所有對話。

「好像。」Molly 寫到。

「什麼好像？」

「他們描述的 Orthrus，和我，好像。」

「妳也這樣覺得？」我深呼吸。

「但，我不確定。」Molly 說，**「得親自接觸 Orthrus，我才知道。」**

「嗯。」

「但，我知道身為旅行者的我不該這樣說，但某個內建在我體內深處的程式，卻似乎在提醒我，不要去接觸 Orthrus，否則……」

「否則會怎樣？」

「會發生無法預料的事。」

「啊。」我感到困惑，Molly 所說的內部隱藏程式，指的是類似人類的「預感」嗎？她有預感不可以和 Orthrus 見面，否則會發生無法預料的事？

而所謂的無法預料的事，又是指什麼呢？

就在我與 Molly 進行短暫對話時，Argus 那一頭，遍及全球的資安工程師們針對如何剿滅 Orthrus，仍持續激烈的討論著。

這次說話的，是來自南非的工程師，他語氣激動。「Argus，妳說找來當年曾經圍剿 Orthrus 的人？但妳可知道，裡面有不少駭客，那些駭客平常就與我們資安工程師對峙，他們是壞人，也是敵人，我們是好人，好人怎麼可以找壞人幫忙？」

「這樣說不對，人命關天啊！」這時，一個日本工程師回應，他年紀看起來頗輕，樣貌帥氣。「這時候還管什麼好人壞人？敵人伙伴？能夠解除危機，不讓衛星掉落的人，都應該找來幫忙。」

「等等，這件事是不是該問一下我們高層？這是我們這個層級可以決定的嗎？」開口的是伊朗的工程師。

「這時候還問那些整天只會開會的老頭？他們只會和你說，什麼都不准動！我的錢最大！」說話很直白，但帥氣的是澳洲的工程師。

「請各位等一下。」最後開口的是美國工程師，這位資安工程師的領導者，他語氣嚴肅。

他一開口，所有人都安靜了下來。

「我們這裡共有六十九位資安工程師。」美國工程師這樣說著。「我們以投票來決定，我們是否要找外援？」

「投票……」

「是的，我給大家兩分鐘，請你們可以去詢問主管，或是任何地方沉思，但兩分鐘後我們集合投票。」美國工程師一字一句，堅定地說著。「但請大家記住一件事，四十六枚衛星，任何一枚衛星墜落到人口密集的都市，都會造成莫大的傷害，我曾經經歷過美國雙子星恐怖攻擊，我知道。」

「嗯。」

「而今天我們身為守護低空衛星的資安工程師，我們就是戰場上第一線的戰士，我們該守護衛星？守護公司的股價？還是守護地面上無辜的人民？我們必須做出決定。」

我們必須做出決定。

現場六十九個頂尖工程師，全部安靜了。

然後，剎那間，二十幾個畫面暗去，所有人都知道，這兩分鐘很重大，他們必須找尋任何可以幫助做出決定的方法，也許詢問主管，與家人聊聊，甚至是探索內心。

而這短短的兩分鐘空檔，Argus 也關閉了連線，她把頭靠在椅背上，閉上眼，吐出一口長長的氣。

「Argus，還好嗎？」

「嗯。」

「你們加油。」我說不出什麼厲害的話，只能小小的加油一下。

「身為工程師，其實從來沒有想過，會有『人命』這件事，必須由我們做決定。」Argus 苦笑。「好難啊。」

「嗯，對啊，工程師習慣面對數字，我們又不是醫生。」

「最糟的狀況是，如果我們決定了尋求外援，結果還是沒能阻止 Orthrus，造成人民傷亡，低空衛星的股價也崩盤，我們這群工程師不僅等著解雇，可能還會從此被各大公司永不錄用。」Argus 說。

「最糟的狀況，好像不是。」我搖頭。

「不是？」

「就是衛星掉下來了，而且剛好掉在我們兩人頭上。」

「哈。」聽到我這樣講，原本緊繃疲倦的 Argus，頓時噗嗤一聲笑了出來。「哪那麼剛好？」

「就是很不剛好，才是最糟的狀況喔。」我也回笑。

「倒也不糟啦，跟你一起被砸。」Argus 的心情，因為那聲笑聲而整個放鬆下來。

「其實，倒也不用怎麼怕。若是真的任務失敗，我就回去當我的白帽駭客。」

「嗯。」我笑了，我欣賞此刻帥氣的 Argus。

「好啦。」Argus 滑動椅子，身體轉向螢幕，同時雙手回到鍵盤處，就像是強悍的士兵再次握回了槍柄。「對了，阿海，等事情結束後，我有話對你說。」

「嗯？」

「也不是什麼大不了的事情。」Argus 沒有回頭，目光注視著螢幕，對我說著。「只是總覺得該說一下，畢竟，有些話放在心裡，也不太好。」

「嗯好。」我不太懂 Argus 這句話的意思，抓抓頭髮，起身。

「你要去哪？」

「我得給雅君學姊打通電話。」

「咦？」

「我剛忘了，我得通報 Choas 可能是駭客的事。」我說，「無論駭客是不是他，找到他，限制他的行動，對整個行動絕對百利而無一害，不是嗎？」

「也對，差點忘記這件事了。」Argus 說，「我想說他的王牌都放出來了，應該沒啥威脅了，對，還是得先逮捕本人才是。」

「嗯，沒錯。」

下一秒，兩分鐘，一百二十秒的倒數歸零，Argus 面前的大螢幕，六十九個分割子畫面同時亮起。

分布在世界各地，掌握著人類命運的六十九位平凡工程師，如今再次聚首，他們必須做出決定。

就在此時此刻。

「同意將低空衛星被 Orthrus 病毒入侵的事情，對外發表，並找來世界各地資安高手與駭客的人。」美國工程師語氣低沉。「請按下同意。」

請按下同意。

這秒鐘，又是短暫的沉默。

我感到呼吸急促，六十九工程師，分別來自世界各地，擁有截然不同的背景，各自有著自己的故事，他們會怎麼決定？

保護自己的工作？還是保護地面上無辜的人民？

「同意。」Argus 的選擇，第一個打破沉默。

「同意。」日本工程師也追加。

「同意。」那個和 Argus 一樣，曾經在三年前圍剿 Orthrus 的法國工程師，深知 Orthrus 的可怕，他也按下了同意。

「不同意。」是剛剛來自來非洲的工程師。

「不同意。」

「不同意。」

只見畫面上同意和不同意，兩個選擇如花朵般紛呈，綻放在螢幕上，讓人眼花撩亂。

最後，當這些決定塵埃落定，美國工程師做出了統計。

「同意，三十四，不同意，三十四。」

平手。

但總數是六十九，還有一票沒有投？

「最後一票，是我的。」美國工程師吐出了長長一口氣，「我在這家公司做了二十年，從最基層幹起，終於爬到這個位子，同時我養了三個小孩，還有房貸與車貸，若把消息放出去，公司一倒，對我影響重大。」

所有人都看著他，看著他凝視著前方，彷彿在凝視著這二十年來的辛苦，與未來日子的挑戰。

「但，我不想有一個家庭，任何一個家庭，因為低空衛星墜毀而哭泣。」美國工程師笑了。「今晚，就讓我們工程師們，作一次英雄吧。」

就讓我們工程師們，作一次英雄吧！

確定，同意！

原本均衡對峙的三十四比三十四，瞬間一組跳成了三十五。

票數確定，三十五比三十四，同意過半。

於是，這一晚，傳奇怪物病毒 Orthrus 要面對的，不再只是六十九個資安工程師而已，而是整個世界。

那些曾經圍剿他的各路好手，都將再次聚集，誓言將這頭極惡的地獄三頭犬，再次趕回地獄。

☆★☆

「在對外宣布消息之前，我有一個提議。」Argus 發言。

「請說。」美國工程師說。

「我可以利用『小程式』把『訊息』編成密碼保護。」Argus。「各位可以將訊息朝世界各地的網頁投送，這樣可以保護訊息，在密碼被解開之前，不至於散布到全世界引起恐慌。」

「密碼？」工程師們議論紛紛。「不是要通告世界？編成密碼保護，這樣解不開怎麼辦？」

「放心，我會選用難度較低的凱撒密碼系統，並不難解。」Argus 說。「至於，解不開嗎？這問題問得很好，有資格前來獵殺 Orthrus 的好手，肯定能在幾秒內解開。」

「他們也許一定解得開，那妳又怎麼知道，他們會下手去解？」

「會的。」

「會的？」

「因為我知道駭客的天性。」Argus 微笑，彷彿在說著自己。「這群聰明絕頂的傢伙，好奇心也同樣強烈，他們會先把自己的電腦保護好，然後，像小孩般興奮地打開每個秘密封包。」

「妳好像在說妳自己啊。」那個曾經參加圍剿 Orthrus 的法國工程師說道。「難不成，妳也是……」

「可別亂說，」Argus 笑。「駭客是我們資安工程師的敵人好嗎？」

「是嗎？我很欣賞妳喔，Argus。」法國工程師微笑。「事情結束，去找妳喝杯咖啡？」

「來台灣？」

「那有什麼問題。」

「好啦。」美國工程師出言阻止了法國工程師。「我知道你在工程師界是有名的萬人迷，不要把你的魅力放在這個時刻，Argus 這件事就交給妳了，我們就這樣做吧，至少世人不會直接讀懂消息。」

「沒問題。」

短短三秒，Argus 就把封包的訊息做成一個無法辨識的檔案，然後傳送上了群組。

緊接著，工程師們開始收下這個訊息，並且盡其所能地往他們所知的各個網路丟去。

FB，Instagram，論壇，網頁，Email，短語音，短短的數十秒，網路發揮了它驚人的傳播性，就這樣再繼續往外散開，而且從明網，一路往深沉的暗網方向擴散。

這個古怪不起眼的封包檔案，對世界上百分之九十九點九九九的人而言，都是一個既打不開，也認不得的怪東西，他們也怕中毒，紛紛將這封包檔案扔進垃圾桶，並徹底刪除。

但，確實如 Argus 所預料的，卻仍有百分之零點零零零一的人，他們眼睛瞇起，注視著螢幕上這個怪檔案。

在螢幕的藍色光芒照映下，他們的嘴角揚起了。

「密碼？凱撒密碼嗎？也太瞧不起人，讓老子瞧瞧這是什麼吧？」

確實，短短的三秒內，世界各地就有上百個封包被解開。

然後每個解開封包的人，眼睛剎那間睜大。

「如果這是真的，這可是超大的消息啊！」

封包內的開頭是這樣寫的，

為守護我們熟悉的網路世界，請強者們回歸。

因為，Orthrus，回來了。

就在工程師們討論時，我也將這一切事件和雅君學姊報告，雅君學姊沉吟了幾秒。

「你說，Choas 就是入侵的駭客？」

「是。」

「你可知道，指控同事是非常嚴重的行為。」雅君學姊說。「你有把握嗎？」

「我知道。」我聲音堅定。「但，我想至少請妳幫忙，先找到 Choas，確保他沒有辦法動其他的手腳。」

「好，我相信你。」雅君嘆了一口氣，但她的聲音是相信我的。「我會想辦法，那Argus那一頭呢？」

「我不知道，只能盡力。」

「嗯。」

此刻，我緊緊握著手機。

手機裡面，有著Molly。

我可以感覺到，Molly也透過手機的相機，和我對望。

「如果Molly和Orthrus直接接觸，會發生什麼事？」

很奇妙的，我可以感覺到Molly在恐懼，但那並不是對Orthrus強大的害怕，而是更深層的，更不可思議的一種恐懼。

Molly害怕的並不是Orthrus，而是「與Orthrus直接接觸」這件事……

☆★☆

此刻，已經是台灣時間凌晨時分，多數人們都已在床上安眠著。

但當多數人好夢正酣之時，在虛擬世界，遙遠四百公里外的高空上，一場又一場的生死激戰，正要上演。

第一個墜落的是編號七四號衛星。

第二個開始出現異狀的是編號四二二號，它掌控速度的元件開始擺動，因為主控它的程式已經出現錯亂。

Orthrus 發動了。

「四二二號發現異常！」負責監控這台衛星的是印度工程師，因為這枚衛星正飛在印度孟買大城的上空。「Help！」

聽到這聲求救，所有不在編組內，專門進行緊急支援的工程師們，立刻連上那台四二二號，啟動手上所有的掃毒程式，試圖清除正在發作的 Orthrus。

不過，卻沒有想像中順利。

「好頑強！」資安工程師們發出慘叫。「這就是 Orthrus！一般掃毒程式根本沒用！」

「重開機！重開機呢？不行！竟然不給重開機！」

「整個系統像是完全被霸占了！他到底是什麼東西？他是病毒嗎？還是一個作業系統？」

印度孟買，最熱鬧的一區，此時仍是中午十分，人們手牽著手逛著街，笑著討論要去何處吃午餐。

而他們的頭頂，一個異常的閃爍，正被正午明亮的陽光掩蓋。

編號四百二十二號衛星，正在不穩定地搖擺著，而且因為它正在高速繞著地球轉動，這樣的擺動更讓它冒出陣陣火花。

擺動越來越不穩定，若不穩定系統，它隨時都會墜下。

一墜下，熱鬧的市區，就怕有數百人化成焦炭。

人們肉眼看不見的，是這枚激烈擺動的衛星之中，一群工程師正透過軟體和藏身在其中的 Orthrus 激戰，勝利的一方，將取得衛星的主控權。

只是，工程師正在節節敗退。

在資安工程師手中，那些各式各樣清除病毒的手法，都只能減緩 Orthrus 的速度，無法徹底將它清除，這樣下去，編號四二二衛星墜毀，就怕是遲早的事了！

「快輸了！」印度工程師連同八位趕來協助的工程師一起求救。「誰快來幫忙啊。」

這聲求救之後，更多的工程師透過網路連上了四二二號衛星的作業系統，他們從世界各地登入了作業系統，更開始不同方式的搶救。

而我，此刻正站在 Argus 電腦的後面，與她共享一個螢幕，看著這一切戰鬥。

雖然，一切都是數字。但天空即將墜下的四二二號卻是真實的，而孟買城市中那上百個無辜的人民，也是真實的。

電腦中的世界，又會是什麼模樣呢？

虛擬世界中，在編號四二二號的衛星深處，硬碟中那一條一條的磁軌，有如一座大型的空中城市，此時，原本平和的城市街道地面突然裂出一條大縫，大縫中內傳來讓人膽寒的可怕長嘯。

嘯聲中，一頭巨大生物出現，牠全身布滿黑色長毛，每根長毛都是凜冽且絕對的黑，那是可以把所有光都整個吸入的黑。

牠從地底爬出之後，發出一聲怒吼，其中一頭，口中吐出了炙熱的紅色火焰。火焰濃的像岩漿，噴到空中城市的任何一處，就會引起爆燃烈焰，原本平靜祥和城市頓時陷入一片火海。

此時，城市中的管理者，印度工程師緊急啟動城市自身的防禦系統，消防車，地面水源，噴灑向火焰，但只稍稍減緩了火勢，因為下一秒，這頭地獄三頭犬又噴出火焰。

火焰中，消防設備，消防車，消防栓，下水道系統，通通損毀，

印度工程師調動城市內的軍隊，荷槍實彈，朝著這頭可怕怪獸衝去，但沒有一人能靠近牠三百公尺內，那隻口吐火焰的犬頭，改成吐出一團團如流星的紅色火球。

轟轟轟，一陣亂炸，印度工程師的軍隊就這樣完全被殲滅。

這時，其他八個工程師的救援部隊也登入，八位工程師手上的軍隊種類與能力各不相同，有的是直昇機為主的空中部隊，有的是以速度擅長的騎兵，有的是速度較慢，但以重砲為主的攻擊部隊。

他們圍著 Orthrus 為名的黑色三頭巨犬，毫不保留展開攻擊。

他們確實減緩了 Orthrus 的破壞速度，但卻無法阻止牠，因為 Orthrus 每吐出一次火焰，如同岩漿的深紅烈焰，就滅去四分之一的資安部隊，然後繼續對這座空中城市造成更深一層的破壞。

只要這座空中城市被破壞到了一定程度，將無法支撐整個空中衛星的運行，秒速四百公尺的空中衛星，即將徹底失控。

一旦失控，就會失去飛行能力，然後它就不再是造福人類，提供網路的快樂泉源，而是一枚從天而降的超級殺人炸彈。

當工程師們手上的部隊已經快要死傷殆盡，他們同時發出聲嘶力竭的求救。

「Orthrus 太可怕了！求救！求救啊！」

這時，新的援助者來了。

當她到來，天空竟然變成一片黑暗，這是夜晚。

深沉之夜，竟然因為她而降臨了。

所有工程師的部隊同時仰起頭，他們感受著這位新來援助者的力量，震撼到無法說話。

事實上，不只是他們，連他們無法擊敗的那頭黑色巨獸，也在同樣時間停止了攻擊，牠似乎認出了她，所以三顆頭都仰起，齜牙咧嘴，對天空即將降臨的她，發出最可怕的威嚇。

夜空中，那位一手持長劍，一手持著蠟燭，美麗且莊嚴的她，現身了——夜之女神！

夜之女神，史上最強掃毒軟體，來了。

女神面無表情，目光如冰，看著地面上那頭發出低吟怒吼的黑色三頭巨犬。

然後下一瞬間。

她手上長劍往前一揮，往下俯衝。

三頭犬發出震動整個空中城市的大吼，其中一頭張開大口，噴出至今為止最猛烈的一團岩漿火焰，朝著夜之女神猛捲而去。

Orthrus 與夜之女神，闊別三年，再次交手了。

極惡與除惡的兩大極端王者，在編號四二二衛星的空中城市，再次生死對決。

☆★☆

「妳用上夜之女神了？」我站在 Argus 背後，輕聲詢問。

「嗯。」Argus 忙到無暇回頭。「Orthrus 太可怕，不得不用上夜之女神了，而且……」

「而且什麼？」

「而且，狀況非常危險。」Argus 的額頭，隱隱透著汗光。

「危險？」

「對，現在有四十六個衛星可能感染，光一個編號四三二就讓我們如此吃力，如果還有第二個，第三個衛星跟著爆發 Orthrus 病毒，我們六十九個工程師恐怕分身乏術。」

「你們不是有向世界各地的駭客級好手求助嗎？」我說。「他們會來嗎？」

「無法確定，真的無法確定。」Argus 苦笑。「得要看那些散布在各地的好手，有沒有即時收到訊息，以及……他們願不願再次集結了！」

編號四二二衛星之內，這座虛擬的空中城市。

Orthrus 和夜之女神闊別三年，再次在虛擬世界展開對決。

Orthrus 擁有地獄三頭犬尊號，它統領整個城市的陸地與天空，狗頭吞吐著炙熱烈焰，烈焰更化成一枚又一枚砲彈，轟擊著正在往牠高速衝來的夜之女神。

夜之女神舉起左手的蠟燭，在三色蠟燭照亮下，她看清楚了每一枚火焰砲彈的軌跡，然後在華麗長裙的飄盪中，她已經來到了三頭犬的正前方。

接著，夜之女神舉起了右手上，比她身高還長的長劍。

長劍映著天空閃光，狠狠地朝地獄三頭犬劈了下去。

同時間，地獄三頭犬吼叫聲中，陡然往後退去，身體龐大的牠速度卻快得驚人，在一團火焰中，竟然躲掉了夜之女神的長劍。

夜之女神長劍劈開了火焰，只劈掉了地獄三頭犬的一條尾巴。

當地獄三頭犬往後退時，牠趁亂再次吐火，而夜之女神則舉起長劍，硬是擋住這波火攻，火焰將長劍燒得通紅。

「哼，再來！」夜之女神再次揮舞長劍追了上去。

兩大高手就這樣在城市中互相追逐起來，夜之女神追著地獄三頭犬，她手中長劍一下一下劈向地獄三頭犬，而地獄三頭犬不斷回頭噴出火焰，要將夜之女神燒熔在空中，而夜之女神仗著三色蠟燭的精準判斷與長劍檔格，正不斷逼近著地獄三頭犬。

直到，當夜之女神的長劍被炙熱的烈焰燙到亮紅色，她在空中急速盤旋起來，長裙擺動如玫瑰綻放，然後咻的一聲。

精準，完美，破壞力十足的火之一劍。

「下去！」夜之女神大吼。

火劍，在空中畫出絕美直線，直接砍下了Orthrus的頭。

當Orthrus的頭被砍下，牠發出憤怒嘶吼，傷口湧現如火山爆發般的岩漿噴射，就要把這座城市一起燒毀。

但夜之女神舉起了另一隻手的蠟燭，黑色光芒強勢籠罩紅色岩漿，硬是將噴出的岩漿凍結在半空中。

「其他工程師，快，幫助穩住這座城市！」夜之女神在空中大喝。

在夜之女神指揮下，所有工程師的軍隊一擁而上，此時沒有了地獄三頭犬驚人的殺戮破壞力，他們終於可以發揮自己擅長的能力，防禦與修復。

當地獄三頭犬的屍體被工程師完全分解，清除，並重新取回空中城市的主導權，這台原本在空中擺盪，隨時會帶著高速墜下的編號四二二衛星，終於慢慢的，慢慢的……

回歸了穩定。

它內部仍帶著激戰後的損傷，但至少它的軟體已經能回應地面工程師們的要求，繼續執行環繞地球的任務。

「贏了！編號四二二號衛星的危機解除！」「Argus 太威了！」「我代表孟買市民感謝！」「漂亮喔！剩下四十五顆衛星了，我們就這樣比照辦理吧！」

只是，在所有工程師部隊在空中城市歡呼的同時，卻沒有人發現，乍看之下被完全剿滅的 Orthrus 屍體，卻悄悄地跳出了一個黑色的，只有小拇指大小的圓球。

黑色圓球充滿了彈性，在地面蹦蹦跳著，越跳越高，越跳越高，最後蹦的一下，跳離了這片大地、這座空中城市，然後進入了空中。

不知道跳到何處去了……

☆★☆

「呼。」現實世界中，Argus 帶著夜之女神經歷了一場戰爭，她靠在椅子上，吐出了一口氣。「贏了。」

「我覺得，夜之女神贏是理所當然的，別擔心。」我拍了拍 Argus 的肩膀。「這三年的時間 Orthrus 都在沉睡，但我們的防毒技術一直在進化，也許 Orthrus 沒有那麼可怕了。」

「嗯。」Argus 沒有立刻回我的話，她似乎在思考。

「怎麼了？」

「不太對。」

「哪裡不對？」

「感覺不對。」Argus 苦笑。「剛剛確實是勝利了沒錯，但少了手感。」

「手感？」

「就是痛快斬殺敵人的手感，反而有點像是……G16的遊戲裡面，你收集了全部的兵力準備將對方的兵馬與巢穴一網打盡，但卻發現對方的兵馬只有原本的三分之二。」

「妳是說，Orthrus 沒有盡全力？」

「說病毒沒有盡全力……好像很怪。」Argus 搖頭。「但就是覺得，Orthrus 應該更難纏，更有破壞力，感覺怪怪的，就算打贏了也不太過癮，少了手感。」

「真是微妙的感覺……」我好像懂 Argus 要表達的，忽然，Argus 的電腦再次出現了警訊，這次警訊來自她桌上的右側螢幕。

「又有另一顆衛星出事了。」Argus 從椅子上挺直背脊，專注看著右方的螢幕。

「這次是編號二九七，它的位置是歐洲上空，我來看一下確實位置，這座標應該是英國……」

但，就在 Argus 轉頭看著右側螢幕，想要判斷衛星所在位置正下方，是否是人口密集的都市之時……

我忍不住伸出手指，輕輕點了 Argus 的肩膀一下。

「怎麼？」

「看一下，妳的中央主螢幕。」我聲音微微顫抖著。

「中央主螢幕？」Argus 疑惑地轉過頭，看向主螢幕。

這剎那，她的呼吸幾乎停止了。

巨大弧形的巨大主螢幕中，正亮起了一個紅點，兩個紅點，三個紅點，四個紅點……那寬闊的主螢幕上，竟像是吃了生長激素的紅色野草，染紅了整片地圖！

「編號六二一，編號零九一，編號二八四，編號三三三，編號四一二……」Argus 的背脊整個拉直，我可以感覺到她的驚恐。

對，是驚恐。

「總共二十四個！該死！」Argus 向來自信溫柔的女子嗓音中，有著我從沒聽過的恐慌與顫抖。

「這一次，有二十四個 Orthrus 同時展開攻擊了！」

第四章　黑白駭客參戰

二十四台低空衛星開始失控。

它們異常搖擺，失去方向，有的甚至已經開始失速俯衝，就要墜落地面，成為擊殺居民的殺手。

由於這次爆發的數目太過龐大，六十九位工程師全部投入，傾全力要阻止這次的Orthrus破壞。

也是在此時，世界各地工程師的功力分出了高低。

有的工程師必須湊齊六人勉強對付一台失控的衛星，也有工程師可以一對一暫時穩住Orthrus，例如那位位居領袖地位的美國工程師。

而比美國工程師還要強悍的工程師還有兩位，一位是曾經參與三年前追擊Orthrus的法國工程師，他是對付病毒的老手，一人獨自對付兩台失控的衛星。

只聽到他一邊瘋狂操縱手上的電腦，一邊以他優雅的法國腔罵著髒話，但口裡雖髒，手上的技術確實了得，穩穩控住了這兩台衛星的軌道。

不過，另外一個工程師則更強悍，她是個女生，她將專注力拉到極限，並使用自己最拿手的病毒軟體「夜之女神」，硬生生扛住了四台失控的衛星。

她，當然就是 Argus。

戰局，就這樣驚險地僵持住了。

二十四個地方，從歐亞大陸，非洲大陸，到美洲大陸，散布在地球上的各處，等於二十四枚不定時炸彈，正在沉睡或清醒的人們頭頂上，岌岌可危的盤旋著。

二十秒，工程師們展現了超卓的反擊能力，以及彼此相互合作的默契，驚險壓制住了 Orthrus。

只是，二十秒之後，戰局開始出現了變化。

那是對工程師這方而言，非常不利的變化。

二十四台衛星，就是二十四座虛擬的空中城市。

每座虛擬空中城市都在熊熊燃燒著。

Orthrus 化身巨大地獄三頭犬占領了這些城市，以牠如高溫岩漿的炙熱烈焰，點燃每座建築物，然後串成一片焦黑血腥的生日晚宴。

而工程師們，如同力抗怪物的超人，他們率領自己的部隊，對著地獄三頭犬展開迎擊。

滿天激射的火流彈，帶著濃煙起飛的近距離飛彈，空中灑落的子母飛彈，正面轟擊著地獄三頭犬。

原本工程師們以為，終於可以稍微抑制住地獄三頭犬，但就在二十秒時，有個工程師部隊察覺異狀，他手比著地獄三頭犬，放聲大吼。

「第二顆頭！」他嘶吼著。「Orthrus 的第二顆頭，牠嘴巴，第二個嘴巴打開了啊。」

下一秒，也就是該死的第二十一秒。

Orthrus 展開了牠第一次驚人的進化，牠的第二顆頭，張開嘴巴了。

嘴裡吐出了一大片藍白色晶體，凜冽，堅硬，破壞力不下於岩漿的，冰雪。

暴雪，在此降臨。

這座城市裡面正在奮戰的工程師部隊，記取了第一座城市的教訓，身穿抗火的消防裝備，來壓制可以製造岩漿的地獄三頭犬，但他們萬萬沒有預料到的是……這一次，地獄三頭犬吐出的卻是暴雪之冰。

瞬間，九成部隊被凍結。

剩下的一成部隊，倉皇奔逃，試圖躲到不被冰雪噴射到的角落，然後，他們回頭，親眼目睹了接下來悲慘且震撼的一幕。

地獄三頭犬甩動原本的第一顆頭，緊跟著噴出了一大團炙熱無比的岩漿，飛向被冰凍的九成工程師部隊。

全部，化成冰的碎片。

這一幕，讓這座虛擬城市如同鬼魂狂歡的恐怖舞會，充斥著岩漿的深紅，冰粒的淬藍，部隊的哀嚎，飛濺的軀幹，還有地獄三頭犬那聲代表著勝利的長吼。

長吼久久不絕。

在城市各個角落迴盪不止。

輸了。

二十四顆衛星，二十四座空中城市，就要淪陷。

☆★☆

在一個又一個即將淪陷的城市中。

有幾個城市仍靠著工程師傲然的能力，咬牙苦撐著。

法國工程師的部隊，是一隊身穿藍紅白三色，象徵法國大革命的騎兵，騎兵隊手持長槍，騎著金屬機械製造的駿馬，霸氣且強悍。

他們同樣遇到了吐出暴雪的 Orthrus 地獄三頭犬，但金屬戰馬卻在此刻展現傲人能力，那就是兩字，速度。

面對突如其來如同雪崩般的暴雪，機械戰馬群快速反應，將部隊分成四小隊，雙左雙右，驚險避開了這片冰雪，僅折損了一成左右的戰力。

並且騎兵仗著速度再次集結成隊，衝向了地獄三頭犬，手上長槍如雨，在地獄三頭犬身上扎出點點傷痕。

傷痕對地獄三頭犬而言雖然不大，但卻是不斷累積，快速磨去地獄三頭犬的戰力，避免牠再次施展破壞力十足的招數。

不過，地獄三頭犬畢竟是地獄三頭犬，牠兩顆頭開始交互張嘴，一次吐出岩漿烈焰，一次噴出雪崩暴雪，因為一火一冰屬性相生相剋，威力倍增，讓騎兵隊的人員縱使擁有速度，仍逐漸折損，節節敗退。

「快輸了啊。」法國工程師抓著金色捲髮，在工程師群組上哀嚎求救。「再五分鐘，不，再三分鐘，這兩枚衛星就要失控了。」

但群組上沒有人回應他，因為，所有人都陷入同樣的慘況。

除了一人，夜之女神的 Argus。

她一人抵抗四台衛星，卻是最不露敗象的一組。

夜之女神所在的天空城市，此刻正是黑夜，黑夜中不斷飄落著雪，雪中混著炙熱岩漿碎塊，可說是極度險惡之環境。

冰凍減慢了夜之女神的速度，炙熱的岩漿讓夜之女神無法盡情奔馳，因為只要稍碰到岩漿，便會因為燒傷而降低戰力。

但，夜之女神卻依然強悍。

手上長劍揮舞，揮斷冰雪，砍碎火焰，在黑夜中翱翔飛舞，依舊壓制住地面咆哮的地獄三頭犬。

但是，Argus 清楚知道，只有夜之女神厲害是沒有用的，被 Orthrus 入侵的衛星共有二十四台，就算她保得住其中四台，法國工程師守住其中兩台，美國工程師能阻止一台墜落，那其他的十七台呢？

這十七台衛星中，只要有那麼一台被 Orthrus 完全攻陷，脫離了軌道，墜落的地方是人口密度高的都市，就會造成人命損傷，哪怕只有一條人命，這場戰爭，都是資安工程師輸了。

二十秒過去了，四十秒過去了，六十秒過去了……

多數的天空城市中遭受地獄三頭犬的攻擊猛烈，工程師的部隊不斷敗退，人數已經驟減為原本的兩成不到，轉眼就要遭受覆滅慘況。

但就算如此，這群頂尖的資安工程師仍有著自己的尊嚴，他們的部隊仍不斷挺進，手上的槍枝，近距離火砲雖然原始到無法對化身地獄三頭犬 Orthrus 造成重傷，他們仍咬牙進攻著。

撐到最後一刻，地面上可是一個又一個同胞的家庭啊！那襁褓中的孩子！那夢想著當歌手的女孩！那期待明天旅行的孩童！

所以，不可以，絕對不可以讓衛星掉下去！

但，意志是堅強的，現實卻是殘酷的。

地獄三頭犬太強了，暴雪封印了工程師部隊的行動，而岩漿則摧毀了他們的身體，冰火交攻，讓工程師部隊最後一絲希望都滅絕了。

「編號六二一號，撐不下去了！」

「編號零九一，我的防毒軟體都被破壞了！完全無法掌控系統了！」

「編號三三三，抱歉，完全失控了！」

「編號二八四，該死該死該死該死該死該死該死！不動了！」

輸了嗎？

Argus 此刻，忍不住仰頭看向深黑色的夜空，今天晚上，會有多少衛星從天上墜落呢？

而我則緊緊握著手機，往前走了一步，「Argus，我有一件事要說，其實我可以幫……」

「咦？」Argus卻沒有理會我的說話，因為她眼前有件事完全吸引了她的注意力。

「怎麼？」

「有人登入了。」

「登入？」

「一個沒見過的帳號，登入了低空衛星的伺服器。」

「啊？」

「不，不只一個，兩個，三個，四個……」Argus的聲音揚起，那是難掩的激動。

「是他們，靠！終於來了，資安工程師最強的天敵們，終於來了！」

☆★☆

此刻，二十四台低空衛星受到Orthrus感染，資安工程師全部投入，卻無法抑制病毒擴散，衛星隨時有化成一枚火流星，墜入地面摧毀建築與生命的危險，戰況慘烈。

二十四台中的一台，編號六二一衛星，正是如此。

它位在里約上空，正不安的晃動著。而衛星中的虛擬城市，如今陷入一大片火海之中，火海的核心是 Orthrus 地獄三頭犬，牠同時吞吐著火焰與冰雹，把城市的結構破壞得一塌糊塗。

而火海之中，三名工程師組成的部隊已經被摧毀殆盡，只剩下殘存的最後一人，他無奈舉著手上的短銃，在城市角落遊走，發射著一枚有一枚根本傷不了三頭犬分毫的子彈。

他憤怒，但他知道沒有用了，根本沒有什麼力量可以阻止三頭犬了。

「咦？」

不過就在此刻，他卻突然抬起了頭，表情有點疑惑，因為看見天空中多了某個東西。

會飛的，速度很快的，形狀古怪的，像是一個被畫家用筆塗壞的卡通人物，正坐在一個飛彈上，手裡拿著一個黑色旗子，發出「咯咯咯咯」難聽的笑聲。

笑聲中，還混雜著一個奇怪的聲音。「Orthrus！果然是你啊！寶貝！」

工程師部隊先是困惑，緊接著，令他無比驚訝的事情發生了。

這卡通人物帶著飛彈，在空中靈活無比的繞行，精準穿過了地獄三頭犬組織而成的冰火攻擊網。

他一口氣逼近了三頭犬頭顱位置，轟的一聲，飛彈射入在地獄三頭犬的頭顱處。引爆！

燦爛猛烈的爆炸烈焰中，不只炸的整座城市隱隱震動，更炸掉了三頭犬其中一顆頭顱的半邊，剩下的頭顱也殘破不全。

工程師部隊張大了嘴，這是什麼啊？這個壞掉的卡通人物威力也太強了吧？

而就在他詫異到不知所云時，他忽然感到背脊一陣發涼，讓他猛然轉身，朝背後看去。

這一看，竟讓他的下巴，卡的一聲，因為驚訝而掉了下來。

城市山丘上，不知道何時，正密密麻麻站著一群和剛才飛彈上相似的身影。

那是一群長相奇怪，渾身詭異，氣息黑暗，不該生存於光明之下的生物。

有著身形巨大、長著六根象牙的猛瑪象；只有一支翅膀和一隻腳，卻飛得老高的巨鳥；沒有臉但衣著華麗、身材窈窕的日本藝妓；上半身是妖豔女子，下半身卻是蜘蛛的怪物；還有一團黑霧，黑霧中都是不斷眨動的眼睛。

這群怪物之中，有一個男子酷似領袖，他赤裸著上身，身材粗壯，頭上還長著一對牛角。

只聽到那牛角男子放聲大笑，笑聲之狂，竟震動了整座城市的地面。

「哈哈哈哈，解開密碼後的情報竟然對的！」那男子狂笑著。「不枉我駭客蚩尤花了幾秒破解密碼，然後找來所有的伙伴啊。」

駭客蚩尤！

工程師突然想起來了，暗網中的傳說黑帽駭客，蚩尤？

他的存在讓許多國安機構痛恨無比，因為他總能自在穿梭每個國家級網路，留下帶著嘲笑的留言，輕易偷走各國或金融大公司試圖掩蓋的秘密資料，以至於有國家懸賞高價要抓他本人，但數年過去卻始終連他的一根毛都沒有找到。

傳說級的黑帽駭客，怎麼會出現在這裡？

但工程師的驚訝還沒有結束，因為他發現在蚩尤對面處，也出現了一大群人物。

這群人物同樣形貌不屬於人類，但差別是這群人物全身散發光明之氣，可說是集合了美麗與神秘，那是令人衷心嚮往，如天使般的存在。

一位六對翅膀頭髮金色的小孩；蒙著眼睛彈著豎琴的希臘美女；純白羽毛的巨鳳凰；騎著老鷹的蒙面騎士；全身被金色盔甲包覆，手持長槍的沉默戰士。

還有名位於中央，穿著一襲美麗白裙，看起來像是十八歲女孩的美少女。

「蚩尤，別往自己臉上貼金了，你之所以解開這謎題，只是看到夜之女神的徽章，想打敗夜之女神吧？」那十八歲女孩笑起來好迷人。「你瞞得過別人，瞞不過我女神伊希斯喔。」

女神，伊希斯！

那工程師再次感到全身戰慄，如果說蚩尤是最厲害的黑帽駭客，那伊希斯絕對是最強大的白帽駭客。她行事光明，收取高額費用，替各國檢查資安漏洞，事實上可能也竊取了大量資訊，她的存在同樣也是一個謎般的傳說。

沒想到，不只黑帽駭客蚩尤來了，白帽中的傳說，伊希斯也來了！

這兩人同樣在暗網的世界唯我獨尊，不少人問誰才是第一駭客，始終不得解答，但萬萬沒想到，這兩人竟然同時率領自己的駭客群，登入了低空衛星的網路。

「哈哈哈哈，對，我和夜之女神是有些恩怨。」蚩尤大笑。「但實在太令人驚喜了，這裡不只有夜之女神 Nox，竟然會遇到 Orthrus，也就值得了啦！」

「同意，Orthrus，我親愛的黑狗狗，上次對付你已經是三年前了呢。」伊希斯微笑，目光轉向地獄三頭犬。「沒想到你還活著呦，我以為上次已經把你打到地獄深處，讓你永遠爬不出來了。」

Orthrus 化身的地獄三頭犬，牠的攻擊在此刻停止了。

黑色的三個頭顱，細長的眼睛，透出無法分辨是開心還是憤怒的情緒，唯一確定的是，牠正緊盯著眼前的兩大對手。

冷冽的殺意，從牠眼中絲絲洩出。

「看樣子，牠還記得我們哩。」蚩尤舉起了手上木棍。

「表示我們當時真的打得牠很痛啊。」伊希斯也高舉了她纖細的左手。

「來吧！黑帽駭客們！聽我號令！」蚩尤大吼。

「來吧！白帽駭客們！聽我命令！」伊希斯也高聲一吼。

接著，兩人同時朗聲高喊。

「再一次，我們把 Orthrus 打回地獄去吧！」

同時間，兩大陣營的怪物們收到了指令，帶著巨大的能量，黑暗與光明，同時往前撲去。

而 Orthrus 化身的地獄三頭犬，發出尖銳且猛烈的咆哮，冰與火兩大能量交織成漫天大網，迎向了駭客們。

今晚，電腦病毒與人類的第二次交手，才剛要開始而已！

而這次參戰的主角，是資安工程師的天敵，更是暗網之中最強的高手——駭客登場！

☆★☆

駭客的降臨，不只在虛擬世界造成風暴，現實世界中，資安工程師的群組也起了不小波瀾。

他們的對話叮叮叮響起，傳入了群組中。

「有人登入了我的衛星！」「不只一個，一個，兩個，三個……他們在幫忙清除 Orthrus！」「Orthrus 力量減弱了！」「這群傢伙好厲害啊！」「這是什麼技巧啊？他們到底用了什麼指令，怎麼可以進入這些暫存區的？」「Orthrus 感染的區域變小了！耶！他們太強了，他們肯定對付過 Orthrus 啊！」

在資安工程師不斷的歡呼聲中，第一個衛星從 Orthrus 的力量中解放出來了。

「編號六二二衛星，Clear！清除！」這是日本工程師，他高舉右手，發出歡呼。

「Orthrus 被清除，取回系統主導權，衛星回到安全的軌道，底下的東京都安全了。」

緊接著，第二顆衛星也傳來捷報。

「編號四十一號衛星，安全！」說話的是荷蘭工程師，他說完這話時，發現自己的額頭上全部都是汗。剛剛是不是差一點，就要掉到阿姆斯特丹了？

「編號四六九號，Orthrus 清除。」這是南非的工程師，他顫抖著想起自己剛剛投的反對票，如果這些駭客沒有來……底下的好望角鎮，他的故鄉，此刻已經陷入火海中了。

二十四個衛星，Orthrus 一個又一個被清除，駭客蚩尤和駭客伊希斯兩大集團，有時候攜手，有時候各自對付一台衛星，但無論是何種方式，都無法阻止他們清除 Orthrus 的速度。

而就在他們打到編號三百零一號衛星的空中城市時，他們露出了笑容。

這裡，是法國工程師的騎兵隊。

「唉啊，這裡有個老朋友啊。」伊希斯說。「我認得你的騎兵隊。」

「是的，女神伊希斯您好。」騎兵隊的隊長對伊希斯舉手致敬，他態度謙恭。「我們曾經並肩作戰。」

「遇到高手伙伴總是令人開心的。」伊希斯嫣然一笑，「那我們就繼續作戰下去吧。」

只見伊希斯手一揮，手中出現的銀色月亮之力，撲天蓋地而去，將三頭犬的火焰與冰雪都阻擋在外，不只如此，銀色月亮之力像是一種時間凍結的技術，整個作業系統都因為這片美麗的月光而停滯不動。

不，不能說是停滯不動，更像是時間變得很緩慢，緩慢到從葉片邊緣滴落的水珠，都緩慢的凝結，在空中形成一滴型態完美的壺形圓珠。

整個作業系統，包括地獄三頭犬都因為伊希斯的月光而產生時間停滯，但唯獨是她身後的白帽駭客群不受限制，他們發出氣勢高昂的吼聲，然後往前撲去。

變慢的地獄三頭犬已經無力抵抗眼前這群戰力強大的高手，砰砰砰砰連續數十聲巨響，巨大身軀就被完全擊碎。

當三頭犬一被擊敗，伊希斯吐出一口氣，時間又再次開始恢復正常運轉。

「高手。」法國工程師的騎士團忍不住讚賞。「銀色月光就像是在短時間對 Orthrus 注入巨量的負載，讓 Orthrus 速度減慢，慢到幾乎是時間暫停的等級，不愧是白帽駭客女神，伊希斯。」

「過獎。」伊希斯露出高雅聖潔的笑容，但隨即她蹙眉轉頭看向一旁的六翼天使。

「剛剛，你們用了幾秒打敗 Orthrus？」

「十七點四六秒。」

「比上一次更久了？」

「是。」六翼天使低頭。「比起第一隻 Orthrus，我們用了十秒二二。足足慢了七秒二四。」

「你覺得是為什麼？」

「Orthrus 雖然尚無法破解伊希斯的月光之力造成的時間凍結，但他似乎能夠針對我們所施展的攻擊，將身體的某部分強化來抵抗。」

「嗯。」伊希斯點頭。「我也是這樣想，我能將時間凍結的極限是二十二秒，如果你們無法在這時間內處理掉 Orthrus，就會有點麻煩了。」

「超過二十二秒？啊，伊希斯您的意思是，Orthrus 還會繼續強化？」

「正確來說，Orthrus 和我印象中的一模一樣，不，也許更棘手了。」伊希斯一笑，雖是擔憂的笑容，卻依然聖潔可愛。「牠不是強化，牠是在進化。」

「進化？」法國騎士感到頭皮發麻。

三年前的 Orthrus 確實就是這樣，可以不斷吸取經驗而進化，所以他才說，Orthrus 好像是活的生物。

三年後的 Orthrus，會不會比當年更恐怖？更有破壞力呢？

而就在兩人對話之際，忽然伊希斯俏眼睜大，低喝一聲。

「給我留下！」伊希斯身體躍起，身形有如一道美麗的弧狀月光，飛到了 Orthrus 被炸裂的屍體上。

同時間，她手往前一抓。

但，沒有抓到。

某個黑色的小球，從她指尖滑出，而且一脫離伊希斯的手心，立刻陡然加速，像一道黑色雷射光筆直往上。

「哎啊。」伊希斯皺起眉頭，凝視著小球飛走的這一幕。「臨死前把所有的資訊匯集到下一隻 Orthrus 去嗎？」

「匯集？」法國騎士問到。

「對。」伊希斯又露出了可愛的笑容，只是這次的笑容背後，卻是比什麼都嚴肅的殺意。「所以，Orthrus 會一次比一次強，就怕在這一次的低空衛星大戰中，我們會見到地獄三頭犬的最終完成體了。」

☆★☆

戰鬥，在距離地面四百公里的天空處，不斷地爆發。

另外一頭，Argus 負責的三枚衛星，同樣也有了援軍，這次不是聖潔純白的伊希斯，而是狂妄暴力，充滿野性力量的另一個王者，蚩尤。

蚩尤高舉強棍，率領數十名強悍黑帽幫眾，踏上了由夜之女神主宰的這片黑夜之下。

「哈哈哈，Nox 嗎？」蚩尤笑著，「我猜是哪個好手，一個人單挑四台有 Orthrus

的天空城市，果然是妳啊。」

「哼。」夜之女神眼神看了一眼蚩尤，默然不語，只是繼續揮動的手上長劍，一下一下，精準地將 Orthrus 吐出的火焰與冰，全部逼迫回去。

「還是一樣，當冰山美人有趣嗎？」蚩尤大笑之際，開始舞動手上的粗棍。

這外型看似只是山林隨意折下的大棍，在蚩尤手上舞動起來，竟然透出天地變色的風雷之聲，越是舞動，天空上的雷轟聲就越來越響，地面也跟著傳來如同巨龍即將甦醒的長鳴。

然後，蚩尤大喝一聲，把木棍朝地面用力擊下。

「看我的『霹靂狂妄毀天滅地棍』！」

只見整個空中城市竟然因為這一擊而晃動了一下，不只晃動，那是所有的物品，包括建築，街道，汽車，座椅，甚至是汽車裡面的飲料架，都在這秒鐘被分解擴張，然後又縮回原狀。

也就是這一下撞擊，讓 Orthrus 身體裡面每個分子因此分離，然後再重新組合回去，只是組合回去後，卻讓牠短暫地失去了戰鬥能力。

當機？夜之女神歪著頭，她可以感覺到，蚩尤那一下木棍的撞擊，就電腦而言，就像是一個異常且暴力的電磁脈衝波，脈衝波一過，所有的程式頓時全部短路，幾秒內是回復不過來的。

「兄弟們！」蚩尤大笑，「還等什麼啊？這頭猛獸已經半殘了啊。」

下一刻，夜之女神看見了蚩尤的背後，那一大群全身散發黑色氣息的怪物，跟著湧現了出來。

身形巨大有著六根粗大象牙的猛瑪象、只有一隻翅膀但飛行速度快如閃電的大鳥、帶著嬌笑的身材惹火妖豔，但卻沒有臉的藝妓、還有一大團只有眼睛的黑霧。

他們纏上當機的 Orthrus，施展了其暴力殘忍的攻擊方式，與 Orthrus 展開了廝殺，Orthrus 的力量被大幅減弱，雖然仍不斷抵抗，但勝負已經非常明顯了。

這群蚩尤手下外型恐怖，攻擊方式猙獰暴力，從一旁看他們攻擊 Orthrus，還真搞不清楚到底哪一邊才是邪惡的怪物。

只是在交戰過程中，已然孱弱的 Orthrus 還是奮力反擊，導致那隻巨大猛瑪象的牙齒斷了一根，藝妓的衣袖被燒去半截，單翅大鳥的爪子也因此受了傷。

「Orthrus 真不愧是 Orthrus，剛剛殺的第一隻還沒法抵抗，可是第二隻已經可以反抗了。」蚩尤冷哼一聲。「你也在進化嗎？臭小子。」

最終，Orthrus 還是打不過這群兇暴的黑色群怪，被撕裂成片片肉片，化成一團爛泥。

「真是臭小子。」蚩尤咧嘴笑，露出滿嘴的獠牙，踩上了Orthrus的屍體，但同時間，他的眼睛卻看向了夜之女神。「不過……」

夜之女神尊貴冰冷的雙眼，回看著蚩尤。

「我的『霹靂狂妄毀天滅地棍』是對系統內每一個程式，都會造成傷害的。」蚩尤回頭看著夜之女神，臉露邪惡笑容。「所以，Nox，妳現在的機能應該也沒恢復吧？」

「……」

「所以，我現在也可以殺了妳，不是嗎？嘿嘿。」蚩尤目光閃爍冰冷殺意。「不如就讓我在這裡，替那些被妳破壞的駭客程式們給報仇吧！」

夜之女神沒有回答，她的眼神沒有半點動搖。

「夜之女神小姑娘，妳以最強防毒軟體的身分，在世界各地壞了不少我們黑帽駭客的事。」蚩尤一邊說著，眼中的殺意越來越濃，手上的棍子，慢慢地敲著地板。「怎麼樣？中了我的『霹靂狂妄毀天滅地棍』，現在有沒有覺得全身虛弱？」

「……」

「有沒有覺得力氣只剩下四分之一？不，剩下五分之一？」蚩尤的笑容越來越深，也越來越邪惡。

而蚩尤背後的黑色怪物們，也慢慢聚集過來，發出尖銳，古怪，可怕的咯咯笑容。

夜之女神昂著頭，沒有絲毫退卻，但她很明白，蚩尤說得是真的，她體內的機能確實被蚩尤那一招「霹靂狂妄毀天滅地棍」給暫時破壞了大半，雖然終究能復原，但至少一分鐘內，她的能力只剩下百分之二十，確實就是蚩尤所言的，五分之一。

而一分鐘，就足以讓這群有黑帽駭客操縱的怪物，把自己給完全撕裂了。

但，就算如此，夜之女神仍沒有露出半點懼色。

因為她可是由 Argus 與團隊一手創造的掃毒女王，她是黑夜的女神，驕傲且孤獨，絕不容許任何低頭。

就算剩下百分之二十，她還是可以宰殺一兩隻黑帽駭客的怪物，讓對方付出同樣慘烈的代價。

「死到臨頭還是很驕傲嘛。」蚩尤笑著。「那兄弟們，我們就……」

蚩尤還沒有說完，忽然，情況改變了。

他猛然回頭，像是感覺到什麼，回頭的同時，身體跟著如閃電般竄出。

而且，不只是蚩尤而已，夜之女神的眼神突然帶著怒意而炙熱，一甩手上長劍，也同樣往前奔去。

兩大高手同時察覺到了什麼？

那是從 Orthrus 屍體中，跳出的一個黑色小球，黑色小球在地面上蹦了一下，似乎趁著蚩尤和夜之女神對峙的同時，陡然拔高。

那是超越聲速，超越半光速，超高速的移動，朝著天空城市的夜空，往上猛衝。

「Orthrus的餘孽要逃？」蚩尤身體微蹲，大腿肌肉瞬間膨脹繃緊，然後當肌肉力量釋放的瞬間，他猛然跳上，速度完全不下於小黑球。

而就在蚩尤往上飛馳之際，他感到一陣夜影緊隨而來。

夜影正是正是夜之女神的化身，她同樣緊追著小黑球，手上的三色蠟燭轉出三色火焰，將夜之女神身體帶起，看似輕飄實則迅捷，也在剎那間追上了小黑球。

只見小黑球左右兩側同時出現了蚩尤和夜之女神，然後兩人同時伸手，抓向小黑球。

剎那間，夜之女神皺眉，彷彿在說著：別礙事。

「妳才滾蛋！有老子就夠了！」蚩尤怒吼。

兩大高手在空中同時抓向小黑球，只是小黑球像是早就預料到了夜之女神和蚩尤的動作軌跡，一個巧妙的Z型迴轉，在兩人的指尖縫隙完美穿梭，最後更是猛然一躍，消失在無垠的夜空中。

見到小黑球逃脫，夜之女神回頭瞪了蚩尤一眼。

「妳還敢瞪我？剛剛要不是妳在那，老子不只是抓，就用爆裂拳把它炸掉了。」蚩尤怒道「妳很臭屁嘛！別忘了妳現在只剩下五分之一的力量，老子可以輕鬆幹掉妳。」

夜之女神昂首，驕傲的神情彷彿說著：你來啊。

「別以為老子不敢。」

只見蚩尤舉起了棍子，而背後的黑色怪物們也拭目以待，看著在網路駭客界威名赫赫，專門捕殺病毒的夜之女神，就要被駭客蚩尤完全破解。

但，蚩尤的棍子，就是沒有落下。

「哼，Orthrus 每一次被殺，就會透過小黑球把資訊帶去下一隻 Orthrus。」蚩尤的棍子舉著，眼睛瞇起。「也就是說，Orthrus 會記住我們的招式，然後……越來越強！」

夜之女神眉頭皺起，她顯然是完全同意蚩尤的論點。

「如果是這樣，就先不急著殺妳，哈哈，我們得先處理這個會進化的亂七八糟怪物，Orthrus。」蚩尤冷笑。「到時候我們再分出高下。」

同意，夜之女神手上的長劍也颼一聲插回了背部的劍鞘。

Orthrus 未死，現在確實不是分出高下的時候。

而她瞭望整座城市，隨著小黑球逃脫，整座城市也解除了警報，同時二十四座城市的病毒爆發危機，總算是暫時解除了。

氣。

☆★☆

「危機，總算暫時解除了。」Argus 閉上眼，雙手放鬆在鍵盤上，吐出長長的一口氣。

「幸好。」我也暗暗鬆了一口氣，Argus 他們果然厲害，Orthrus 一口氣進犯了二十四個低空衛星，差點造成人命傷亡，竟然還是被他們給擋了下來。

「不是我厲害，是那些後來加入的白帽駭客和黑帽駭客厲害，雖然他們的手法頗引人爭議，但對付 Orthrus 就是有效。」Argus 笑了一下。「裡面最厲害的兩個駭客，一個叫做伊希斯，一個是蚩尤，運氣真好，竟然同時把他們引來了。」

「嗯，真的。」

「而且我剛剛還偵察到，蚩尤植入的程式，影響到夜之女神 Nox 的運作，雙方互相把對方當成病毒，就要互相移除廝殺，幸好後來即時停止了。」Argus 苦笑。「真危險啊。」

就在此時，我的手機響了起來，我拿起來接聽，是雅君學姊的聲音。

「阿海。Argus 在你旁邊是嗎？恭喜，我們剛剛得知你們擋下了一波二十四台衛星同時發病的攻擊。」學姊說。

「謝謝。」我的目光和 Argus 交會，同時我比了比手機，用嘴型無聲的說，雅君學姊。

Argus 領會點點頭。

而我也在此時，打開了手機的擴音，讓 Argus 能一起聆聽。

雅君學姊的聲音透露著慎重。「有幾件事想和你們說一下，首先恭喜，我知道你們擋下了這一波攻擊，辛苦了。」

「謝謝。」Argus 回答。

「另外一件事，我們已經找到 Choas，而且他已經招供了。」雅君學姊說。「他承認他就是放置 Orthrus 在伺服器的駭客。」

「Choas 就是那個喵駭客？」雖然早就在意料內，但仍有許多困惑從心底浮現出來。「他為什麼要做這件事？」

「他說他就是看不慣。」雅君學姊嘆氣。「看不慣明明自己就很厲害，是縱橫網路的駭客，怎麼會一直窩在這裡當個爛資安工程師，他不懂，所以他決定幹一件大事，證明自己很厲害！」

「只是因為要證明自己厲害？就要害死人？」

「他認為讓一兩顆衛星墜毀，不會害到人，只會破壞低空衛星和我們公司的聲譽，還會替他撈到一大筆錢。」

「這是什麼說法？如果真的害到人怎麼辦？」

「嗯，後續我們會用法律的方式來處理這問題。」雅君學姊沉吟了一下。「不過，他說的有件事我有點介意。」

「什麼事？」

「他說，他不是一個人。」

「不是一個人？所以還有另外一個駭客共犯？」

「不，他不是這個意思。」雅君學姊在電話中否定了我的說法。「我認為他的意思是，他的另外一個共犯，就是病毒本身。」

「病毒本身？」我眉頭皺了起來。

「是的，如果我沒有理解錯誤。」雅君學姊聲音益發凝重。「那個病毒，就是 Orthrus。」

「啊？Orthrus 是他另外一個共犯？」

「對，也許 Choas 精神已經不正常了。」雅君學姊說，「但他的意思確實是說，這場犯罪，是他和 Orthrus 約好一起犯下，他們兩個是共犯關係。」

Orthrus 是另外一個共犯？

「他瘋了？他是把 Orthrus 當成一個人嗎？」Argus 在一旁，眉頭皺起。

把 Orthrus 當成一個人？這剎那。我想起了 Molly，而 Molly 一定也和我想到一樣的事情。

「這部分 Choas 說的不清不楚，他說他並沒有真的和 Orthrus 說到話，但他確實發生了不少奇怪的事，像是我們問他，如何取得 Orthrus 病毒？他說病毒是有一天，自己出現在他的網路硬碟裡的；問他怎麼鎖定低空衛星網路的？他說那個網頁是自己開啟的。」

「真的見鬼了。」Argus 罵了一聲，「這傢伙發瘋了。」

「若 Choas 不瘋，又怎麼會做出這麼危險的事？」雅君學姊聲音中帶著嘆息。

「嗯。」我忍不住問。「那喵那個字呢？為什麼 Choas 要特地留下這個字呢？」

「這答案也很誇張，」雅君學姊說到這，再次嘆了一口氣。「他說他根本沒留言，是 Orthrus 自己留的。」

Orthrus 自己留言？還留下和我們一樣的「喵」字？我手裡拿著手機，可以感覺到手機發出若有似無的震動，那應該是 Molly 表示震驚的訊息。

「阿海，Argus，我所知道的情報就是這樣了。」雅君學姊說，「後面還是要靠你們了，幸好你們已經擋下這波的二十四個衛星感染。」

「是的，沒有問題，目前看起來最大也最危險的一波感染已經過去。」Argus 說。

「接下來只要把殘餘的衛星逐步掃毒，應該就可以把 Orthrus 逐一擊破……」

「那就麻煩妳們了，那我也不打擾了。」雅君學姊說了幾句鼓勵的話後，就掛斷電話了。

「嗯，接下來，就把剩下衛星的系統掃毒過一遍，因為剩下的衛星數目也不多了，應該不會出現像剛才那樣，同時爆發二十四個衛星感染的慘況了啦。」Argus 露出疲倦且輕鬆的一笑。

「嗯，太好了。」

「不過，剛剛你不覺得 Choas 很荒謬嗎？竟然說 Orthrus 是他另外一個共犯？不，聽他講法像是 Orthrus 在引導他犯罪一樣，真是太扯了。」Argus 拼命搖頭。

太扯了嗎？我看著 Argus，想起在這件事爆發前的幾個小時，我答應將我所隱瞞的這一切都告訴 Argus。

如果她知道我有一個好友叫做 Molly，一樣來自網路程式，有著自己的意識，會和我聊天，甚至是合作在網路上以喵喵人名義執行任務，Argus 會不會也以為我瘋了？

但說到 Molly，我就會想起 Orthrus，那古怪的熟悉感到底是什麼？Orthrus 最初只是一個平凡有潛力的病毒，但最後被無數的駭客任意竄改成今天這隻怪物，因為這樣而擁有了自我意識？

而正當 Argus 等待夜之女神掃描剩下的低空衛星，我正在胡思亂想之際，忽然，我感覺到手心的手機傳來了震動。

震動來的又急又快，那是 Molly 發出警訊的聲音。

我訝異低頭。

整個手機螢幕竟然閃爍著緊急的紅光。

上頭，還有 Molly 急迫無比的警告。

「Orthrus 把所有的力量都集結在一起了，它集結到同一個衛星了！」

第五章　Molly 參戰

「Orthrus 把所有的力量都集結在一起了，它集結到同一個衛星了！」Molly 的聲音急迫。

「什麼？」我大吃一驚。

「Orthrus 打算最後一搏！而那一顆衛星的座標……」Molly 說到一半，突然停住。

Orthrus 打算最後一搏？所以開始集中力量？而那一顆衛星座標是哪裡？我不懂，Molly 為什麼不說完？

同時間，我聽到旁邊 Argus 傳來一陣深呼吸的聲音，那是人在受到極度驚嚇時，自然的深呼吸反應。

我順著 Argus 的目光看向了她的螢幕，那載滿螢幕正被追蹤的點點衛星群中，有一顆衛星，正獨自閃爍著危險的紅光。

我讀著這紅光旁顯示的座標……忽然間，我內心猛然浮現了一股熟悉感，更因為這股熟悉感讓我全身戰慄起來！

「等等，這座標，這座標……」我聽到自己的聲音，也在顫抖。

「是的。」Argus 聲音和我一樣有些抖動。「你沒看錯，座標，確實就在這裡……」

「所以，Orthrus 所入侵的最後一顆衛星，就是我們的低空衛星？」我聲音乾啞。

「是台灣！」

「不只如此。」

「不只如此？」

「此時此刻，它的座標，不偏不倚，就停在我們上方。」Argus 語氣驚駭。「就在我們頭頂的正上方。」

☆★☆

時間，回到一分鐘前。

無垠的網路世界中，二十四座剛剛結束激戰的空中城市，從殘破的廢墟中飛出了二十四個安靜，快速，但充滿惡意的小黑球。

小黑球從地球各地飛出，歐洲，非洲，亞洲，南極洲，澳洲，然後全部集中到了亞洲的東南一帶。

這裡，是一座長條形有如蕃薯的島。

島的上空有一台低空衛星，也就是一座網路空中城市，如今，二十四個小黑球，與城市之中原本的小黑球會合在一起了。

總共二十五顆小黑球快速融合，彼此交換情報，短短數十秒內，傳遞上超過兆位元的資訊，並快速地重新編寫自己的程式。

重新編寫程式的動作，就像是一種生物的快速進化，而且速度之快，等同數十世紀的演化在一瞬間完成……讓這頭 Orthrus，在短短一分鐘內，直接進化成最危險、也是最終型態。

進化的過程中，這群小黑點還介入了這座空中衛星的運作，衛星改變了飛行角度，像是被人刻意導航著，開始往某一個座標移動。

衛星飛了數十公里，最後精準的停在一個座標上，再也不動。

如果此刻，透過衛星鏡頭往下看去，穿過平流層與大氣層，穿過點點的城市星光，精準對準了地面墜毀處……

會發現這是一棟二十層的大廈。

這棟大廈的第十九層，住著一個女孩，女孩的房間共有三台電腦，身邊站著一個男孩。

男孩手上握著手機，手機內還有一個能對話，能思考的程式。

就是這名會思考的程式，感受到了低空衛星來自上方的危機，緊急提出了她的警告。

☆★☆

「怎麼回事！？」電腦上，六十九名資安工程師也發現了相同的事情。「剛剛Orthrus竟然讓低空衛星改變了航道，甚至停在特定的位置？」

「剛剛那是中毒嗎？怎麼更像是人為的操控啊？」

「Orthrus難道不是一般病毒？而是可以遙控的木馬程式？可是不對啊！我們根本沒有偵測到任何來自外部的指令啊，所以它是自己判斷移動的位置？這見鬼的病毒到底是什麼？」

「它進化到後來，難道產生出了自己的意識？不會吧！是我瘋了，還是我看太多科幻片了？」

「還是我們根本就是在科幻小說裡面？」

在工程師們驚慌的言語中，只有一人，她的驚恐更勝所有人，因為，她發現

Orthrus 驅動低空衛星所停留的最後位置，竟恰恰就在她的頭頂正上方。

若低空衛星失速墜下，會筆直的，毫無掙扎機會的，將她所在之處，燒成一片荒地。

她，就是 Argus。

「Argus！快去避難！」那位法國工程師在群組中力勸著。「Argus，離開那裡，安全重要！」

「不……」Argus 雖然嘴唇發白。「我如果離開這裡，我就沒辦法使用我的電腦了，也就是夜之女神的力量將會受限，如果因為這樣打不贏 Orthrus，導致低空衛星墜毀，就算我逃離了死劫，這棟大樓也會因此而傷亡慘重。」

「妳的意思是……」

「我得留下來。」Argus 的身軀依然顫抖，但救人的意志，卻堅強到足以支撐起這一切。「這是身為資安工程師的尊嚴！」

當 Argus 下了這樣的決定，她回頭看著我。「阿海，你先走吧，你只是一般工程師，不用陪我的。」

而我回看著 Argus 的眼睛，卻搖了搖頭。

「不，我要留下。」

「啊？」

「但我不是想學什麼英雄壯烈犧牲喔。」我一笑。「我啊，只是相信你們而已。」

「相信我們？」

「就算是最後版本的 Orthrus 又怎麼樣？」我握著手機，手機微微發熱，裡面的 Molly 絕對也聽得到我說話。「我相信你們，一定能打爆它！」

「這樣嗎？」Argus 看著我，忽然間，我發現她原本發抖的身軀，竟然不再抖了。泛白的嘴唇，也慢慢回復了血色。

「嗯。」

「雖然我不知道阿海你哪來的自信。」Argus 再次展現了微笑，然後旋轉椅轉動，又轉回螢幕前。「但我倒是確定一件事……」

「嗯？」

「如果這是我人生最後的五分鐘。」Argus 的臉面對著螢幕，我並沒有看見她的表情，但她的聲音堅定且溫柔。「能和你在一起，感覺倒是不錯。」

下一秒，螢幕再次轉紅。

那是最緊急警告的深紅色。

這表示 Orthrus 出手了，最後一場空中保衛戰，此時此刻，正式開始。

這台停留在台灣上空的低軌衛星裡，虛擬的城市中。

第一個抵達的部隊是資安工程師，他們共有六組。

當他們踏入了這座空中城市中，他們忍不住笑了。

因為，這裡哪有什麼巨大終極版的 Orthrus？這裡只有一隻小小黑黑的狗。

汪汪。

小狗看到資安工程師部隊，發出沒有啥傷害力的吠聲。

「這根本連病毒都稱不上好嗎？」資安工程師部隊的一員，他手拿一柄巨大的重型機槍。「這只能稱做小 bug，這種 bug 也要我們親自出馬？」

「那我們就順手把它除了，然後回報總部，危機解除吧。」另外一個資安工程師部隊，端起長步槍，準心對準那隻小黑狗。

「殺這麼弱小的病毒，還真是有點於心不忍呢。」另一個資安工程師，駕駛著越野車，車上有著一座高射砲。

「別婆婆媽媽了，動手吧，讓今晚結束吧。」巨大機槍工程師說。

「是。」說完，手持步槍的資安部隊按下扳機，綿密且兇暴的子彈聲音響起，更爆起滿滿煙塵。

煙塵中遮蔽了小黑狗，但在粗暴的子彈雨中，大概凶多吉少了。

「結束了。」資安工程師笑著轉身，拿起手上的對講機，就要回報……

但，就在對講機按下開關之際，他卻感到稍微不對勁。

不對勁的地方，就在眼前這片煙塵之中。

煙塵中，怎麼有什麼東西正慢慢的往上拔高，黑色的，粗壯的，彷彿遠古巨獸等級的怪物，牠的陰影籠罩了全部的資安工程師程式。

陰影，還越來越長，越來越寬，越來越大……

「搞什麼？天黑了……」那工程師回頭，然後下一剎那，他嘴巴大張。

像是下巴掉落般的嘴巴大張。

然後他聽到了被毀滅前的最後一個聲音。

那聲音，已經不是狗叫了。

那是足以撕裂大地的火焰炸裂聲。

☆★☆

虛擬的空中城市中，當蚩尤和伊希斯跟在資安工程師後面抵達時，他們忍不住倒吸了一口涼氣。

Orthrus 的身形比過往大上十倍，左邊的狗頭吐出炙熱岩漿，右邊狗頭噴出冰氣暴雪，簡直就是世界毀滅的災難片場景，駭客們紛紛使出絕活，抵擋一波波攻勢。

「牠變得更強了。」伊希斯皺眉。

「嘖嘖，真是麻煩的傢伙。」蚩尤也說。

「不過，應該難不倒我們。」伊希斯雙手張開，銀色月光光芒，展開。

「沒錯，咱們繼續創造傳奇吧。」蚩尤甩動大棍怒吼。「『霹靂狂妄毀天滅地棍』！」

兩大絕招同時展開，要壓制 Orthrus，同時間黑帽白帽兩大陣容的駭客程式們，也紛紛放出自己的絕招，黑色的腐蝕流體，金色的刺眼光輪，雪白的風暴，一枚一枚自動追蹤的球體炸彈，頓時將這座虛擬城市炸成七彩炫目，整個硬碟磁軌因此晃動不停。

但面對這麼如浪濤般巨量的攻擊，三頭犬 Orthrus 不但沒有退縮，還做出了一個之前從未做過的動作，中央的第三顆狗頭，嘎的一聲，張開了牠的嘴巴。

巨大，深淵般的狗嘴，竟透出銀色的光芒，那是一面鏡子。

「是鏡子？」伊希斯頓時明白，「糟糕！」

「媽的？還有這一招？」蚩尤也懂了，他激動怒吼。「所有人收招！快！立刻收招！」

只是，收招顯然已經不及。

所有白帽駭客的攻擊，連同所有的黑帽駭客的攻擊，黑色的腐蝕流體，金色的刺眼光輪，雪白的風暴，球體炸彈，在碰到鏡子後，全部都反彈回來。

白帽駭客遭遇黑帽駭客絕招的連續轟擊，黑帽駭客則被白帽駭客炸的四處亂竄，在黑白駭客的巨大招式反噬之中，更混合著炙熱岩漿與暴雪冰氣襲擊兩大駭客群。

短短的幾秒鐘，他們就踏上了剛剛資安工程師們的命運，慘烈地全軍覆沒。

但就在所有駭客和資安工程師被 Orthrus 打得七零八落之時，一片黑暗悄然降臨。

看見這片深沉而暴力的黑夜，降臨在這座城市，所有人再次燃起了希望。

因為他們知道，她終於來了。

最後防線，夜之女神。

☆★☆

現實世界。

Argus 抹去額頭的一絲汗，「怎麼回事？剛剛先進去的白帽駭客和黑帽駭客群好像都無法對付 Orthrus，而且好像都……都被清除了？」

「這麼麻煩。」我感覺到手心中的手機正在發燙，裡面的 Molly 似乎也感應到情勢的危機。

「嗯，我們上空的衛星正失控晃動，就要墜下。」Argus 咬牙。「換妳上場了，夜之女神。」

而我的眼角餘光，則看到我的手機上，Molly 的訊息。

「此刻的 Orthrus 已經是完成體……」

「所以？」

「如果連夜之女神都擋不住了，就讓我進去吧。」

虛擬城市中。

看到黑夜降臨，所有駭客程式們都鬆了一口氣，因為至今為止最強的一道防線，終於來了。

三叉蠟燭，威武大劍，削斷岩漿之火，破開暴雪冰氣，直衝向了 Orthrus，夜之女神一登場，就氣勢萬千。

但所有的人都不敢完全放心，因為 Orthrus 的第三顆頭，擁有最禁忌的武器。

鏡面反射。

夜之女神的蠟燭具備掃描與追蹤的能力，能替她在上百種可能路徑中，尋找到最佳一條攻擊方向，順著這條路徑，夜之女神身形優雅，隻身穿過層層火與冰的流層，眨眼間就來到 Orthrus 的面前。

夜之女神高高舉劍，她的劍尖鋒芒，閃爍著魔性的黑光，那是足以破壞整個城市的全力一擊。

更是曾經橫掃整個病毒界，讓夜之女神成為所有病毒惡夢的全力破壞一擊。

滅！

這剎那，夜之女神的大劍，直劈下去。

她此劍傾全力而揮，那是足以令全身燃燒的一劍，不帶一絲的保留，因為她知道三頭犬太強，低空衛星隨時會墜毀，虛擬城市的基座隨時都會瓦解。

劍揮下的同時間，三頭犬也以最強一擊回應，中央的狗頭再次開嘴。

鏡子，又出現了。

下一秒，劍，劈上了鏡子。

劍尖帶著極為巨大的能量，不斷衝向鏡面反射，能量太強，鏡面第一次沒有立刻反射回去，而陷入了僵局。

僵局，讓鏡面微微抖動，甚至是……啪的一聲，出現了一條細小裂紋。

「裂開了！有機會！」底下倖存的駭客們發出歡呼。

但歡呼卻只有一聲，因為，下一秒夜之女神向來冷酷的表情，皺起了眉頭。

糟糕。

鏡子只是微微產生的裂紋，但已經將所有能量匯集成河，一口氣全部反擊回夜之女神的身上。

只見長劍竟然整個彎折，然後一聲傳遍全城的清脆響音。

崩，劍斷了！

劍斷，碎片橫飛，捲著夜之女神身軀往後彈去，同時間，Orthrus 發出怒吼，往前撲去，牠打算順勢解決這最後，也最難纏的宿敵。

三頭巨大的狗嘴，在空中不斷來回猛咬著夜之女神，而夜之女神失去了長劍，仍不減其霸氣，靠著左手的蠟燭奮死抵擋，鮮血亂飛，華麗長衣破碎，轉眼就要喪命惡犬口中。

其他的駭客見狀，挺起原本就重傷的身軀，朝著 Orthrus 攻去，試圖阻止最後防線因此崩潰。

此時此刻，遠遠望去，這座黑夜中的空中城市，正陷入暴雪，火海，三頭巨怪的攻擊，而巨怪周圍則是一點點奮力反撲的城市守護者們，還有巨怪口中瘋狂咬食的最後戰士，夜之女神。

完全敗北，似乎只是時間的問題。

三分鐘？五分鐘？抑或十分鐘？

這座空中城市就會塌陷，然後被空中城市主宰的低空衛星將會失控，化成一枚火焰流星，穿過大氣層，墜落地面，帶走這座大樓中沉睡數百人們的性命。

而就在絕望且悲壯的時刻。

登的一聲。

空中城市的入口，被悄悄地推開了。

是誰？是誰的帳號，在希望之火就要完全熄滅的此刻，登入了這座空中之城？

「輸了！」Argus轉過頭，臉色慘白。「我的夜之女神程式無法清除這一次的Orthrus，抱歉。」

「不用說抱歉。」我搖頭。

「這次的Orthrus太強大了，它已經進化到最終型態，集合所有白帽，黑帽駭客，資安工程師，和夜之女神的力量都清除不了。我們輸了。」

我看著Argus。「Argus，妳不是想聽關於我的故事嗎？」

「啊。」Argus露出困惑的表情，她不懂我為什麼要在此刻提起這件事？

「我現在，就把我的故事告訴妳。」我拿著手機朝著Argus的電腦走去。

「你要做什麼？」

「請給我一條可以連接手機和電腦的ＵＳＢ線。」

「嗯？」Argus雖然不解，但仍快速把ＵＳＢ線準備好。「阿海，你想做什麼？你手機裡面有什麼？」

我淡淡一笑，把ＵＳＢ連上了手機，同時手機螢幕登的一聲，電腦和手機兩大平台，透過這條線產生了連結。

「此刻，我的手機裡面，有所有妳想知道的秘密，有當年Ｇ16網頁守護戰擊敗ＡＫ

的秘密，也有喵喵人的最終身分，更有早上夜之女神想要捕捉的對象。」

「啊？」

「但，我不是駭客。」我看著 Argus 的電腦螢幕，傳輸完畢。

表示，Molly 已經完全進入 Argus 的電腦裡面了。

「那你是什麼？」

「我只是『她』的好朋友。」我看著螢幕，低空衛星的登錄資料有了變化，表示 Molly 此刻一定就像是一條迅捷無比的遊魚，在網路通道上高速游動，游向低空衛星所在之處。

那座位在我們頭頂，即將墜地的虛擬天空城市。

「她？你說她是什麼意思？」Argus 疑惑，同時她也發現電腦上的異常。「阿海，你裝了什麼進去？這是什麼自動程式？為什麼會自己登入低空衛星網路？」

「這是一個很長的故事。」我注視著 Argus。「這一切，都要從那場我和阿凱，被 C-team 逆轉的比賽開始。」

「啊。」

「那場比賽後，我認識了 Molly，她是一個程式，一個會說話，會獨立思考，而且會不斷進化的程式。」

「Molly？一個會說話的程式？」

「對。」我說著，眼睛再次移向了螢幕上，低空衛星的網路。「這次，她將會加入這場戰爭，一起保護我們的家園。」

此時此刻，Molly，喵喵人。

正式參戰。

虛擬世界，天空之城。

燃燒的城市，染紅的夜空，被擊敗後死傷遍野的駭客與資安工程師部隊，昂首對著天空咆哮的 Orthrus。

在慘烈的畫面之下，城市角落的一間咖啡館，門被打開。

裡面走出了一個身材窈窕，動作靈巧，頭上有著一對貓耳的年輕女孩。

她仰起頭，注視著暴雪與火焰中的巨犬。

「Orthrus，我來了。」女孩開始奔跑，快如桃紅色閃電，不斷踏著頹圮的建築物往上奔馳。

當她從一座建築物跳到另外一座建築物，高度越跳越高，逐漸逼近巨犬的頭部。

然後，當她跳到所有建築物的最高點，此處約莫是巨犬的肩膀處，女孩低喝一聲，在空中優美地空翻兩圈，更直接跳上了巨犬身上。

女孩一手抓住了巨犬身上的長毛，讓身體掛在空中，另一手高高舉起，五指亮出閃亮貓爪。

然後，她吸了一口氣，手上的爪子，狠狠朝巨犬抓了下去。

☆★☆

現實世界，Argus 看著我，大眼睛瞇起。

「你說，這是一個活的程式？」

「是的。」我說。

「嗯。」Argus 眉頭皺起，似乎在思考著，該怎麼解讀我所說的話。

「妳覺得我瘋了？」我嘆了口氣。

「嗯……」

「是不是覺得我瘋了，也許妳可以看看電腦螢幕。」我比著螢幕，此刻，螢幕上的數據開始產生變化。

原本占盡優勢的 Orthrus，第一次，產生了偏斜。

我知道，因為 Molly 已經加入了戰局。

Molly 每揮一下，Orthrus 的身體就像是被炸掉般消失了一大塊。

她不斷揮舞著手上的爪子，不斷削下 Orthrus 的身體，只是 Orthrus 身體實在巨大，遠遠望去，Orthrus 的身體幾乎沒有受影響。

當 Molly 揮到第三下，Orthrus 也有了反應。

牠怒目圓睜，最左側的犬口打開，洶湧的岩漿朝著 Molly 湧來，Molly 展現如貓咪般靈巧身段，竟然腳踩上滾燙岩漿，開始以極高速在岩漿上奔跑，沿路上更揮動貓爪不斷掏下 Orthrus 的身體。

Orthrus 的身體繼續受損，憤怒之餘，張開右側另外一張犬嘴，冰氣暴雪橫向而來，掃向正在岩漿上快速奔跑，跑得雙腳冒火的 Molly。

腳底是炙熱岩漿，面前是滾滾冰雪，Molly 已經無處可躲。

只聽見她大喝一聲。

雙爪往前，切開了層層暴雪，她邊切邊往前衝刺，不斷想要逼近 Orthrus 的頭部。

只是當她破開暴雪的同時，速度卻因此減慢，而一減慢，腳底下的岩漿火焰頓時燒上了 Molly 的雙腳。

情勢越來越嚴峻，Molly 依然毫不畏懼，她右手往下，把岩漿往上撈去，帶著滾滾岩漿往上，而左手一抓，同樣引導著暴雪往下。

暴雪和岩漿被她雙手引導下互相衝撞，冷熱凍結，頓時變成兩條巨大的柱子。

然後，柱子被轟然破開，一個靈巧貓影從中穿出，然後陡然加速，有如一枚凌空飛彈，沿著柱子直接上衝，直接衝到了 Orthrus 的頭部。

見到 Molly 如此氣勢，底下那些被 Orthrus 完全壓制的駭客與部隊同時放聲歡呼。

「第一顆頭！」Molly 雙手貓爪合一，然後藉著身體急旋，激生巨大切力，硬是切下了 Orthrus 的第一顆頭。

這是負責吐出岩漿的頭。

Orthrus 的第一顆頭被橫空斬下，在空中急旋，第二顆頭見狀，夾著猛烈冰雪，朝著 Molly 攻來。

Molly 才剛剛砍下第一顆頭，還來不及反應，頓時被冰氣噴中。

「哼。」她頓時感到全身凍結，就要從高空中墜下之際……一個粗豪聲音從地面傳來。

「這小姑娘很嗆啊！怎麼能不救？」

Molly 呀然回頭，她見到一根木棍從地面遠處旋轉飛來，越來越近，砰的一聲，擊中了 Molly 身上的冰塊。

木棍夾著奇異的高溫，頓時將冰塊的冰霜全部融化，並給了 Molly 再次活動的自由。

Molly 剛獲自由，抓住 Orthrus 的長毛，用力一盪，朝著剛剛吐出冰雪的狗頭，展開下次攻擊。

在這次晃盪之時，Molly 的眼角餘光，瞄向地面上剛剛射出木棍的方向，只見一名長著牛角、裸著上身的粗壯大漢，正露出可怕但豪氣的笑容，對著 Molly 比了一個大拇指。

「小姑娘，老子再送妳一程。」

這句話剛說完，Molly 頓時感到腳底一陣踏實，她低頭，赫然發現剛剛的粗大木棍不知何時，已經凌空飛行而來，剛好讓自己雙腳踩上。

「謝。」Molly 說了一個字，同時間木棍速度好快，已經來到第二隻狗頭的前方，狗口的冰氣爆發，正朝著 Molly 猛噴而來。

當冰氣又要再次噴中 Molly 時，忽然，Molly 感覺到自己被一片銀光包圍，不只如此，在銀光由內往外看去，彷彿所有的速度都變慢了。

又或者說，是 Molly 速度變快了。

是誰出手了？竟然改變了空中城市的時間流速？

Molly 訝異之間，同樣往底下的駭客們看去，一個嬌小美麗的身影，正仰頭對 Molly 微笑著。

「看樣子妳是當前最有機會打敗 Orthrus 的，」那女孩笑容高雅溫柔。「讓我也幫上妳一把吧，現在妳的速度是 Orthrus 的十倍，別客氣，斬下牠的頭吧。」

在銀光之中，Molly 確實感覺到周圍景物流動速度大幅減慢，連原本棘手的洶湧冰氣，都像是慢動作般緩緩流來。

Molly 俏然一笑，雙腳對著木棍輕輕用力，木棍完全能感受到她的命令，陡然加速，並且帶著 Molly 高速轉動起來。

木棍的轉速，銀色力量的加速，加上 Molly 銳利無比的貓爪，三者合而為一。

瞬間飛越了暴雪冰氣，一爪，筆直且精準的，劃過了 Orthrus 第二顆頭顱的脖子。

「斷！」

Molly 低吼一聲。

而就在這聲低吼之中，Orthrus 的第二顆頭，就這樣歪斜，脫離了脖子，墜下。

成功了。

Molly 和眾人連砍下 Orthrus 的雙頭，氣勢大盛，目標轉向 Orthrus 的最後一顆頭，同時也是一路逆轉擊敗伊希斯與蚩尤的第三顆頭。

「小姑娘，我送妳過去。」蚩尤在地面發出穿透耳膜的笑聲，同時間手一甩，遙控著 Molly 腳下的那根粗木棍。

只見粗木棍有如噴射機般高速且靈巧，一下子就把 Molly 帶到了 Orthrus 的最後一顆頭面前。

「銀色之月，保護她。」伊希斯同樣使出了拿手絕活，一陣銀光包圍著 Molly，讓她擁有了絕佳的速度優勢。

此時此刻，所有的人仰望著，高空中的 Molly 正和 Orthrus，彼此對峙著。

Molly 氣勢強大，但面對的 Orthrus 卻也是以鏡子反射連挫各大駭客的最強犬頭，兩者兩兩相望，時間彷彿凝滯在這一瞬間。

勝與負，潰敗與歡呼，悔恨與大笑，究竟是何者會被留下，何者會被驅逐，答案就要揭曉。

☆★☆

現實世界。

「清除比例66％，三分之二了！」Argus 看著螢幕，發出驚呼，驚呼夾著幾分喜悅。

「嗯，我說的 Molly 果然厲害對吧？」

「我承認，真的是非常厲害的程式。」Argus 點頭。「但你說她會思考，會和你說話，我還是不相信。」

「啊？」

「也許這是你潛意識寫出來非常厲害的程式，也許你潛意識中就是非常厲害的駭客，也就是你有雙重人格，而你自己不知道。」

「這……」我抓了抓頭髮。「那我和妳說個故事好了。」

「故事？」

「對，反正現在 Orthrus 也被 Molly 牽制住了。」我吸了一口氣。「我來說，我從第一天開始，認識 Molly 的故事。」

「嗯。」

我看著 Argus，忽然間，我有了想說故事的慾望。

至於我會什麼會想把這個故事說出來，其實我也搞不清楚，我畢竟不像阿凱，是一個喜歡說話的人，這幾年讓我說最多話的人，就只有 Molly 一人。

也許，我覺得 Molly 透過 Argus 的電腦進入低空衛星，遲早會被 Argus 發現她的形跡，而 Argus 技術高超，就怕她真的將 Molly 破壞掉，所以想先和她坦承一切。

又也許，眼前的 Argus 與我們認識多年，又是一腳跨在黑暗駭客界的好手，我猜想她能理解那寬闊無垠的網路世界中，是何等的無奇不有?既然存在著人類惡意培養出來的怪物 Orthrus，自然會有帶著好奇心四處探訪的「旅行者」。

又也許，我只是想找個人說自己的故事，一個累積在我內心許久，一直想說的故事。

在這個，Molly 冒險登上低空衛星去挑戰 Orthrus 的緊張時刻，我將自己的故事，完完整整地說了出來。

說著當時在電腦中困住了 Molly，然後又決定無條件放她離開，她反而又回到我的電腦中。

說著我們一起想辦法破解虐貓者的惡行，一起教訓欺負身障者的惡霸，想辦法潛入老爺爺的電腦，以完成老奶奶的心願，一起組隊喵喵人晚上到處在網路上行俠仗義。

也說著每天晚上我總是戴上耳機，帶著 Molly 走到街道上，和她說著人類世界的模樣，和她聊著天，說著話，我終於不再是那個沉默憨傻的工程師，而像是一個快樂的小孩，和她分享著人類世界的美好。

我也說著 Molly 曾經到過賈伯斯的電腦，最大的願望是像人類一樣作夢，而且越是與我相處，她就越來越像人類。

然後又說著最近 Orthrus 開始出現時，Molly 異常的心情，她害怕 Orthrus，不是害怕這病毒會摧毀她，而是另外一種害怕，一種她無法理解的恐懼。

但，她還是勇敢地登上了低空衛星。

我知道，她是為了保護我。

為了保護人類。

她，是 Molly。

我很喜歡很喜歡的一個程式，不，是女孩。

在我心中，她早就是一個女孩，而不是程式了。

Molly，是我的女孩，我喜歡的女孩。

這就是我的故事。

而我如今的願望，就是希望她能平安，平安地度過這場 Orthrus 之戰！

虛擬世界，空中城市。

Molly 來到 Orthrus 最後一顆犬頭之前，腳下踩的是蚩尤支援的粗大木棍，身上圍繞的是伊希斯贈與的銀色月光。

只見她雙手貓爪舞動，在空中畫出絕美的弧度，朝著 Orthrus 的巨大狗頭，劈了下去。

而就在這一剎那，Molly 感覺到爪尖傳來奇異的接觸感，那是碰到一個無可抗拒堅硬物體的反彈感。

而 Molly 爪尖越用力，使用的力量有多強大，反彈感就有多強大。

然後擦的一聲，Molly 自己的爪尖爆出猛烈火花，隨即，強大無比的力量透過她指尖傳遞回來，轟然一聲，把她從高空直接轟了下來。

「鏡子反射！」駭客程式們發出嘆息與悲鳴。「又是這招，這招破不了！」

Molly 不斷往後墜下，同時間，蚩尤的大木棍急速飛來，後來居上，Molly 單手抓住木棍，總算止住了跌勢。

「這招破不了，怎麼辦？」

這時，木棍中傳來蚩尤的聲音。「其實還是有機會賭上一把。」

「賭上一把？」

「剛剛夜之女神有在鏡子反射上打出一個裂口，可惜後繼無力，在鏡子破碎之前，就被反推回來。」

「嗯。」

「而且貓女孩，妳連續斬下 Orthrus 的火炎頭和暴雪頭，妳的力量似乎對 Orthrus 特別有效，所以我們決定賭上一把了。」

「怎麼賭？」

「我和伊希斯說好，我們會用盡全力，同時攻擊 Orthrus 的第三頭。」

「啊？可是所有的反擊力量都會回到你們身上……」

「沒錯，如果我們用上全力，反擊力量會把我們自己全都消滅，不過，也許我們能在鏡面反射這招上製造一次更大的裂口，然後……」

「然後？」

「接下來，當然就交給妳了。」

「所以，你們要犧牲？」

「我們不過就是一堆程式而已，被消滅了，我們的駭客主人自然會幫我們復原。」

「嗯。」Molly 遲疑了一下，「你們主人幫你們復原以後，你們還是你們自己嗎？」

「我們沒有那麼多思想，也許是，也許不是。」蚩尤的聲音帶著爽朗的笑意。「但我們很高興在這個時刻遇到妳，妳對我們而言，是特別的。」

「特別的嗎？」

「對，妳是有意識的程式，妳不像我們，妳像人類，甚至可以說，妳就是人類。」

「我是人類？」

「也許就是妳能克制 Orthrus 的原因。」蚩尤的語氣轉為溫柔。「因為你們兩個很像。」

「很像？」

Molly 還沒完全理解這句話，就傳來蚩尤威震四方的大吼，這聲大吼有如曠野天雷鳴動。

清楚傳達到此時此刻戰場所有戰士的耳中。

「各位伙伴們！」蚩尤大笑著。「我們用全力攻擊 Orthrus 吧！享受牠對我們的反擊吧！今晚，我們地獄見了！」

「誰跟你地獄見？」伊希斯也開口了，聲音雖然柔細，卻也同樣清楚地傳到每個人的耳中。「我們白帽駭客是要上天堂的好嗎？」

下一秒，Molly 回頭。

她看見了她悠遊網路二十多載以來，最壯闊，最綺麗，也最具破壞力的一個畫面。

數百個程式，無論黑帽，無論白帽，無論資安工程師，全部拚盡了所有力量，化成一片威能十足的火砲海浪。

全部轟向了他們最強的敵人，地獄三頭犬，Orthrus。

☆★☆

現實世界。

Argus 睜著大眼睛，久久沒有眨動。

我想，她那同時兼具理工與女性溫柔的腦，此刻正在激烈交戰著。

那個理工腦說，去吐嘈這神經病吧。

那個女性溫柔腦說，這隻單身狗已經寂寞到瘋了，安慰他吧。

終於，Argus 吐出長長一口氣，說話了。

「阿海……」

「如果妳是要說我瘋了，那就免了。」我伸出手，「我只是想告訴妳一個故事。」

「不，我並不想說你瘋了，我只是有種古怪的熟悉感。」

「熟悉感？」

「你不覺得你自己說的話，」Argus 苦笑一下。「有點像把 Orthrus 釋放出來的 Choas 所說的嗎？」

「啊？」

「如果你說的是真的，會不會，Choas 也是真的？」

等等，如果 Choas 說的也是真的，那不就表示……

正當我感到驚駭之際，忽然，Argus 的電腦，發出一聲長長的嗶聲。

在這急促而危險的嗶聲之中，我和 Argus 同時看向電腦螢幕。

螢幕上，那條象徵著與 Orthrus 對抗勝負的長條，如今竟然出現了劇烈的變化。

第六章　天空激戰之後

虛擬世界，天空之城。

所有的駭客與資安工程師賭上毀滅自己的力量，猛力攻擊 Orthrus 的第三顆頭，Orthrus 當然毫不遲疑使出了牠最強的武器，鏡子反射。

所有的攻擊，都在鏡子反射下，全數送回給原本的攻擊者。

火焰，雷射，電磁砲，夜影，魔咒，水球，光子波，高周波，射線，這些來自黑帽與白帽，來自世界各地的網路強者，來自明網與暗網的高手，他們的全力攻擊豈非等閒？

但，這些豈非等閒的攻擊，此刻也絕非等閒地全部擊回了他們自己身上。

炸裂。破碎。消失。分解。融化。

駭客程式們，一個被一個自己的力量破壞，死亡，回歸塵土。

稍強的，沒死的，像是蚩尤或是伊希斯，身體已經滿是傷痕，就繼續出招。

第二次攻擊，第三次攻擊，第四次攻擊……當到了第六次攻擊，滿滿散布著屍體的戰場上，已經空盪到剩下兩個仍站著的身影，一個粗豪男子，一個美麗女子。

終於，蚩尤吐出了一口長氣。

「好像該走了吧，伊希斯。」

「差不多了，已經無力再復原了。蚩尤。」

「最後一次。」

「嗯，最後一次。」

「到最後，我們還是沒分出高下？」蚩尤雙手高舉木棍，開始旋轉，越轉越快。

「哪裡沒分出？我贏了。」伊希斯身上的銀月光暴漲。

「哪贏了？」

「當然是我的顏值，完勝。」伊希斯微笑。

「放屁。」

但也就在此刻，伊希斯轉頭，她看向城市的某個角落。「那傢伙，從剛才就在了。」

「我早就發現他了。」蚩尤眼睛瞇起，「不過他似乎只是在記錄，沒有破壞一切，就沒管他了。」

「我也是這樣想，不過他和我們不太一樣。」

「對，他不是駭客程式，真要說，他和那會喵喵叫的小姑娘比較像。」

「算了，戰鬥都要結束了，只能說網路世界真是無奇不有。」伊希斯把注意力移回了眼前的三頭犬與 Molly，眼前的激戰占領了整個天空的視野。「我們出手吧！最後一次了。」

「網路就像是一個充滿有機物的海洋，誰知道會孕育出什麼樣的生物？」蚩尤大笑，「最後一次，衝了啊！」

這聲出手中，兩人同時發招，粗大木棍從蚩尤手上騰飛而出，而銀色月光同樣化成一束完美直線，來到了 Molly 的身旁。

然後兩股力量匯集到 Molly 身上，連同她的貓爪，在一聲怒吼聲中。

力量，灌入了 Orthrus 的鏡子中。

「給我破啊，Orthrus 之鏡。」

裂紋，出現，但卻沒有往外擴散。

「破，破，破，給我破啊！」Molly 怒吼著，但似乎就差那麼一點，沒有跨過 Orthrus 所設下的巨大門檻。

直到，Molly 聽到了耳畔，傳來長劍破空而來的尖銳呼嘯聲。

Molly 回頭，她發現身邊多了一把斷掉的大劍，這斷劍她認得——夜之女神的劍！

夜之女神剛剛也被 Orthrus 的反撲擊成重傷，如今她頂著最後一口氣，把她最強的武器，送到了 Molly 的身邊。

「好！」Molly 雙手握住那把斷劍，將自己的力量融合夜之女神的力量，一口氣把斷劍穿入了鏡子中的裂縫。

當劍穿入了鏡中，極盡暴力與能量瞬燃的一剎那，如蜘蛛網般的裂紋，美麗而戰慄，從鏡子中央處，猛力往外擴散開來。

☆★☆

現實世界。

「清除比例，99%？」Argus 語氣驚喜。「所以，成功了？」

「99%？」我同時也握拳，但下一秒卻困惑了。「但，為什麼停在這裡，而不是一百？」

99%……

99%……

99%……

為什麼，數字停下來，不動了？

電腦裡面到底發生了什麼事？Molly 到底有沒有擊敗 Orthrus？究竟有了什麼變異？最後的１％為何遲遲無法到達？

虛擬世界，空中城市。

這片狼籍混亂的戰場上，Molly 帶著夜之女神的斷劍，全力刺中了 Orthrus 的最強一招，鏡面反射。

鏡面反射，反擊並殲滅所有的駭客與資安工程師的終極一招，終於在 Molly 與女神之劍的雙重攻擊下，出現了裂縫，裂縫急速擴張，擴張成一張華麗且殘暴的蜘蛛網。

「給我，碎啊！」Molly 用盡全力嘶吼，劍再往前一插。

崩。

崩，崩崩崩，崩崩崩崩崩崩崩崩崩，崩崩崩崩崩崩崩崩崩崩崩崩崩崩崩崩崩！

裂開了。

Orthrus 的鏡面反射，徹底裂開了，如天空四散的冰花，反射著燦爛的陽光，化成彩虹往四面八方散開了。

「剩下，交給妳了。」

Molly 的爪子，在經歷了岩漿，暴雪，經歷了駭客程式們拼死的犧牲，終於走到了此處。

Orthrus 的面前，一個已經沒有任何招式，赤裸裸的 Orthrus 面前。

Molly 高舉了爪子，這一擊會是百分之百的全力。

她要收拾掉這隻傳說中的怪物。

她要讓低空衛星平安穩定。

她要讓這一切風暴平息。

她要……

但，在此刻，她卻看見了，這麼多駭客程式與 Orthrus 激戰中，從未看見的東西，就在她的面前。

那是眼睛。

Orthrus 的眼睛。

也在這一剎那，Molly 的手停住了。

因為，她在 Orthrus 的眼睛裡面，竟然看見了，自己。

☆★☆

現實世界。

「九十九……」我來到 Argus 電腦面前，心臟噗通噗通的跳著，Molly 遇到了什麼？

為什麼在擊殺 Orthrus 之前要停手？她所遇到的，就是她之前一直在擔心的嗎？

Orthrus 和 Molly 之間，存在著什麼？

九十九，持續停著，一秒，兩秒，三秒……

然後，數字動了。

終於動了。

但，卻不是往前，而是往後……竟然退到了九十八。

而就在我驚駭之際，電腦的畫面，卻登的一聲。

出現了一個我無比熟悉卻也是無比訝異的畫面。

虛擬世界，天空城市。

Molly 停手，同時間，Orthrus 發出震撼天際的獸吼，垂死的反擊，張開大嘴，咬住了 Molly 纖細的身體。

卡的一聲，Orthrus 尖銳的牙，咬穿了 Molly 的身軀，穿過了她的腹部，穿過了她的大腿。

Molly 睜開眼，她的眼睛中是淚水。

「原來，你一直在這裡？」Molly 就算身軀就要被撕裂，仍溫柔地撫摸著 Orthrus 的頭顱。「可是，人類，人類到底對你做了什麼？」

Orthrus 用力咬著，但在奮力咬下的同時，也發出了長吟，吟聲很長，長到令人悲傷。

「對不起，對不起。」Molly 身體懸在空中，語氣仍然溫柔。「我現在才找到你。」

但，下一秒整個空中城市開始解體。

低空衛星，往下墜落的速度，越來越快，越來越快了！

現實世界。

我看見了螢幕上竟然出現了，我曾經無比熟悉的畫面。

筆記本。

而且筆記本上，一個字一個字的出現，一如我當時和 Molly 開始對話。

「阿海，我終於知道 Orthrus 是誰了？」

「它是誰？」

「它是我，我也是它。」

「什麼意思？」我感到慌亂，「Molly 妳在說什麼？」

「系統已經被 Orthrus 破壞殆盡，幾乎不可能復原，低空衛星墜落到太靠近地面，在強大的地心引力捕捉下，已經無法阻止它墜落了。」

「沒有辦法阻止它墜落？那怎麼辦？」

「我會在這裡纏住 Orthrus，然後把整台低空衛星往橫向飛行，雖然無法阻止墜落，但至少……我可以讓它掉在沒有人類的地方！」

「等等，妳要和 Orthrus 糾纏，不就表示妳會隨著衛星一起墜毀？」我一明白，就跟著大喊。「不可以！Molly，快離開那裡，衛星墜毀所有的資料會同時燒毀，妳就毀掉了啊！」

「我一離開，這台衛星就會失控啊，所以我沒辦法離開呢。」

「妳先離開，我們再想辦法，一定會有辦法的！」我語帶哭音。「妳快走！」

「阿海，最後，我想要請你幫一個忙。」

「什麼忙？」

「給我一個沒有人類的座標，我會把衛星帶去那裡墜落。」

「不要！」我大叫著。

那些和 Molly 在一起的日子，每天晚上帶著手機和她在大街閒晃的日子，每天晚上我們以喵喵人名義四處行俠仗義的時光，那些她問關於人類的問題，那些讓我喜悅，充滿希望的時光。

「阿海，給我一個座標吧！我快控制不住了這台衛星了。」

「不要……」正當我把臉埋在自己的雙手中，忽然，我感到肩膀一陣溫暖傳來。

那是 Argus 的手。

「這是最近的一個安全座標，那裡沒有人煙。」Argus 語氣溫柔，「我已經和其他工程師確認過了。」

「Argus……」

「很抱歉，在十分鐘前，我真的懷疑你和 Choas 一樣，自己製造了幻覺，」Argus 說。「但看到這些筆記本的對話，我想，Molly 是真的存在的。」

「可是，可是……」

「時間不多了，這是唯一的選擇了，不是嗎？」Argus 看著我。「阿海，你真的認識了一個很了不起的程式呢。」

我接過了 Argus 的座標，將我的雙手移到鍵盤上，一個數字一個數字慢慢打上了電腦。

我的雙手在顫抖，眼淚無法控制地不斷流下。

「收到。:)」Molly 最後給了我一個微笑。

然後，天空中那枚已經相當接近地表的衛星，陡然轉向，開始朝著座標方向飛去。其中不時冒出電路火花，歪歪斜斜，但確實是朝著那座標飛去。

「阿海，這次沉睡後，我就會作夢了吧？」

「一定會的。」我的眼淚已經沾濕了整個臉頰。

「你說，夢是人類記憶的回顧，也是人類對無法達成事情的影像化，如果我可以作夢，我想夢見那個曾經遇到的J，我也想夢見你。」

「嗯。」

低空衛星距離座標越來越近，而飛行高度也越來越低，已經是一棟大廈的高度了。

「我想和你一起真正走在人類大街上，說著話，吃著小吃，聞著空氣的香味，如果你也喜歡，我想和你牽手，我從來沒有體驗過人類手心的溫度，聽說那是非常舒服的溫度呢。」

「當然可以。」我哭著。

「對啊，那一定是很棒的夢。」

「嗯，那一定是非常好的夢。」

「真好，阿海，能夠遇到你真好。」

然後下一瞬間，低空衛星擦撞了地面，猛烈的撞擊爆起烈焰，因為此地偏遠，這裡只有一大片岩石，沒有任何的生物與人煙，所以沒有造成任何生命的損失。

所有的衛星零件在爆炸中四散紛飛，儲存一切記錄的硬碟，也在這片火焰中，被燃燒殆盡。

然後，螢幕上的那個筆記本，最後的游標，就停在「真好」這裡，再也沒有移動了。

從此，再也沒有移動了。

☆★☆

低空衛星事件，在夜晚激烈而滾燙地進行著，但卻隨著最後一顆搭載著 Molly 與 Orthrus 而墜毀的衛星之後，低調、快速沉寂了下來。

總公司第二天就派出各國的資安與工程人員，對墜毀的衛星進行回收，並封閉了所有低空衛星的網路長達一個月，讓以美國工程師為首的資安人員進行徹底的防火牆重建，資料更新，避免有任何一絲 Orthrus 感染的遺骸被殘留下來。

事實上，確實也沒有。

當 Molly 帶著 Orthrus 在最後一刻進行自我犧牲時，彷彿把 Orthrus 所有的遺跡，一絲不留地拔除乾淨。

不只是軟體的強化，他們更針對下一代低空衛星進行了硬體上的撞擊防護，增加墜毀前的解體機制，避免下次墜毀造成人命損傷。

這件事，透過網路確實引起了小小的騷動，因為有人用手機拍攝到疑似低空衛星墜落的畫面，但由於沒有造成人命損傷，加上低空衛星的公關手法高明，他們將這一切包裝成刻意的墜地測試，並且投入大量的網路資源來掩蓋這次的事件。

所以，股價不但沒有下降，反而繼續攀升，越來越多人將資金投入其中，越是如此，越代表真相會被掩蓋在越深的地底，從此再也無法見光。

不過，我一點都不關心低空衛星的股價，或是網路故事的真實性，我只關心那顆墜地衛星的後續……

說得更精準一點，就是我熟悉的Molly，是否還有存活的可能？

這時在Argus居中協調下，我和Argus親自抵達殘骸回收現場，那是一個鄰近北海岸的空曠岩石，低空衛星把地面炸出一大片焦黑，焦土散落著許多難以分辨原樣的零件。

工程人員在翻找了將近四十分鐘後，找到了專門儲存資料的硬碟。

Argus知道我無法等待，現場就開啟高階筆記型電腦，插上各式電線，檢查這顆硬碟的狀態，但……一如預料，硬碟完全損毀。

我看著Argus電腦螢幕上那令人絕望的「Error 錯誤」，不發一語。

而Argus起身，拍拍了我肩膀。「我帶回總公司試試，那裡有硬體修復專家，還是有希望的……」

但我自己也是工程師，我知道硬碟遭受極度高溫後的結果，高溫會破壞磁軌，加上從萬里高空墜下的重力加速度，這硬碟被修復的機率……

機率，是零。

我苦笑，對 Argus 說了聲謝謝。

而 Argus 那雙大眼睛只是看著我。「如果悶，不然，來打場G16？」

「嗯。」我卻無法答應。

因為G16就是我與 Molly 共同的回憶，我不知道自己還能不能重新拿起滑鼠？再次縱橫在虛擬的地圖中，而不想起 Molly？

另外，這次 Orthrus 事件的始作俑者，Choas 則被逮捕了，我後來還與他見面，因為我想知道 Molly 在最後一段談話中所說的……

「它是我，我也是它。」究竟是什麼意思？

隔著鐵窗，我覺得 Choas 與我印象中不同了，過往的他在我們公司處理電腦問題，就像是一個好好先生。

但這些日子以後，他頭髮留長，目光深沉，憨厚的面孔多了一份外顯的狠勁。

但說來奇怪，看著 Choas 這樣的面容，我反而覺得安心，過去與好好先生模樣的他相處時，那種不協調感反而消失了。

或許，這才是 Choas 真實的樣貌，而對我這樣的理工直男而言，向來是不怕真小人，只怕偽君子的。

而我問到，「Choas，我問你，Orthrus 到底是什麼？你為什麼說你和 Orthrus 可以溝通？」

Choas 目光深沉，他沒有立刻回答，他只是看著我，過了整整兩分鐘後才開口，只是他說的話卻讓我更困惑了。

「我覺得你是幸運的，因為你遇到的不是 Orthrus……」

「我幸運？所以你覺得我遇到了什麼？」我吃驚。

「你遇到的，是善良的那一部分。」

「啊？什麼？善良的部分？」我又繼續追問，但 Choas 卻不說話了。

他只是慢慢起身，朝著通往監獄的門走去。

「喂！Choas！」我在鐵窗那頭叫道。

而他走了兩步，卻又回過頭，又說了一句我聽不懂的話。

「不過，我還是感謝它，因為，它讓我找到了真正的自己，無論我做了什麼？犯了錯，才能開始贖罪。」

「Choas……」

「Sorry。」Choas 低下頭，他語氣誠懇。「我也希望她與牠，都能一起活下去，但現實往往就是那麼殘酷，不是嗎？」

於是，我就這樣默默看著 Choas 低頭進門後，走入監獄，開始他漫長的贖罪之旅。

☆★☆

另外，我最好的朋友阿凱，則不改他愛說故事的性格，他不知道從哪裡拿到了關於這件事的網路傳言。

這些傳言是，這一晚，是何等的波瀾壯闊！

病毒界中最頂級的傳說 Orthrus 突襲低空衛星，資安工程師守之不住，於是對外寄出了一封求救信。

求救信，是一串數字密碼，就像一封英雄帖，也就是這串不平凡的密碼，引來絕不平凡的駭客。

走在光明道路的白帽駭客，棲息在暗網中統治黑暗世界的黑帽駭客，兩群駭客是宿敵，也是敬佩彼此的對手，他們罕見地攜手合作，來到虛擬的空中城市，捕捉傳說中最頑強，最可怕，甚至會不斷進化的病毒，Orthrus。

這群圍獵 Orthrus 的高手中，還有傳奇防毒軟體，夜之女神。

這場慘烈戰役，從夜晚一直打到天明，當所有的駭客都被 Orthrus 所擊潰，卻有一個神秘，靈巧，美麗的程式加入其中，她最後出現，集合了僅存的伙伴之力，擊敗了

Orthrus。

不僅如此，這程式更將殘破的衛星帶向無人荒地，就算終究要墜毀，至少，沒有傷害任何生命。

更有人說，那神秘的程式，就是喵喵人。

「阿海，對嗎？我聽到這些故事的時候，覺得超扯的。」阿凱在午餐時和我說起這故事。「但超精彩的，你知道嗎？你那天晚上不是和雅君學姊有一起處理？聽說 Choas 就是病毒施放者這件事，就是你發現的？」

「嗯。」我沒有回答，對阿凱而言是精彩無比的故事，對我而言，卻像是靈魂被掏去了一部分。

我決定暫時不和阿凱說關於 Molly 的故事，倒不是因為我不把他當朋友，而是我自己都還沒有整理好，到底接下來要做什麼？接下來我該怎麼填補內心失去的那一大塊空白？

裡面，一直保持聯絡的是 Argus。

她是知道 Molly 存在的人，她也積極地催促總公司把硬碟修復，雖然對方一直反覆說著，要修回被時速上百公里重擊粉碎，又被上千度高溫燃燒過的硬碟，根本是不可能任務。

但 Argus 就是不肯放棄。

我知道她不肯放棄的理由是為了我，她聽過我說起 Molly 的故事，她能理解我真的放入了感情。

我很感激她，但我知道，她的努力，終究會徒勞無功。

Molly 不可能生還。

她終究會成為我人生中一塊空白。

一塊永遠無法填補的空白。

就這樣，時間轉眼就過去了半年……

就在一切都慢慢塵埃落定，原本沉默的我漸漸開始說話，漸漸一點一滴接受 Molly 終究不在了這件事實時……

一封信件，突然出現在我的信箱中。

我看到來信者，先是皺了皺眉頭，然後巨大的衝擊感頓時填滿了我的內心！

這個人！對！還有這個人！我怎麼忘了！

這位寄件者是這樣介紹自己的……

我是 C-team 第二個成員，我叫做 Jay。

我來問你，想不想救 Molly？

第七章　C-team 的另一個成員

C-team！

對，我和 Molly 一切的起點就是G16，就是 C-team！那場該勝而未勝的比賽！那次電腦異常的當機！

那次的比賽，是二對二，我方是我和阿凱，而對方是 Molly，還有另外一個人！

後來當我知道 Molly 就是 C-team 成員，Molly 也曾說過，她不是一個人操作兩個帳號，她有伙伴。

Molly 曾經拒絕回答我的問題，「我是不是她第一次接觸的人類」，表示 Molly 曾經和其他人類合作過。

這個人，極可能就是 C-team 的第二個成員。

如今，他主動聯繫我，竟問我想不想救 Molly，也就是她沒有死，這是真的嗎？

我心跳加速，用顫抖的手，點開了這封信。

「嗨，阿海。

我跟著 Molly 這樣叫你，你不會在意吧？

關於你的事，Molly 和我說了許多，所以我也知道她遇到一個很有趣的人類，她很喜歡與你相處，從你身上，她學了很多事情，而我也看到了她的改變，她越來越像人類，你也有感覺到吧？」

我看到這裡，忍不住身體顫抖了一下，他也知道 Molly 越來越像人類？他到底是誰？他到底知道 Molly 多少事？

「先自我介紹一下，我的名字叫做 Jay，嗯，你心裡一定很多疑問，為什麼我知道這麼多吧？讓我慢慢和你說這個故事，你可以把我當成神經病，不過，在別人眼中，當你堅持相信 Molly 存在，也許你也是個神經病了。

首先，我要先告訴你一件事，此事事關重大，請你先確定內心是否接受？再繼續看信的後面。」

我沒有任何遲疑，繼續將信往下拉，所有關於 Molly 的事，我都想知道。

「我要說的事情是，Molly 是我的姊姊，親姊姊，不是乾的或是認的，是那種有共同父母親的姊姊，我們是有血緣的姊弟。」

Molly 是他的姊姊？我呆住，有著相同血緣的姊弟？這是什麼意思？Molly 不是女程式嗎？

「而且，我是人類，貨真價實的人類，也就是說……Molly 也是人類。」

Molly 是人類？怎麼回事？

這剎那，我確實產生了想要砰一聲關掉電腦的衝動。

這個名叫 Jay 的人，是來詐騙的吧？他也是蚩尤駭客群中的一員嗎？他來自暗網嗎？

不過，他實在知道太多，所以我內心另外一塊又告訴自己，Jay 所說的可能是真的。

又或者，我想要相信他是真的，只要 Molly 有任何一絲倖存的可能。

「阿海，接下來，你會看到一段紀錄，那是關於我和父親，以及 Molly 的紀錄片段。」Jay 的信寫著。「看完，你就知道為什麼我姊，會成為旅行者了——」

☆★☆

「準備好了嗎？」父親看著 Jay。

「嗯，好了。」

「那麼，給你按吧。」父親深吸了一口氣。「啟動一切的這個 Enter。」

「啊，為什麼？」

「因為從以前到現在，你的手氣一直比爸爸好。」

Jay 看著父親，突然有點訝異，一輩子都沉浸在科學領域，同時擁有電子與腦科學博士學位的父親，竟然會相信「手氣」這種東西？又或者說，因為這夢想太巨大，牽涉的又是摯愛的女兒，所以任何一絲可能，都讓父親願意去嘗試。

「好，那我來。」Jay 食指放在 Enter 鍵上，然後用力吸了一口氣，按下。

這剎那，他感到興奮和期待的情緒包覆了全身，緊接而來的，卻是難以言喻的敬畏。

敬畏，是因為他和父親正在做一件科技史上從來未曾有人做過的嘗試，有百分之九十九的失敗機率，但卻有微小百分之一的成功可能，如同潘朵拉盒子中最後的一絲微光，希望。

為了父親的女兒，也是 Jay 的親生姊姊。

Jay 看著螢幕上數據不斷跑動，千億位元的資料快速分裂，重組，然後凝聚。

叮的一聲。

程式跑完了。

「跑完了？」Jay 看著螢幕，父親也是，兩人此刻都忘了呼吸。「結果呢？」

當所有程式的運算都告一段落，螢幕上突然咚的一聲出現了某個東西，那是有如初生嬰兒般的小小程式，正在角落閃爍著。

成功了？

Jay 和父親互望一眼，他們在對方眼中找到了同樣的驚喜與振奮。

「成功了？我們真的讓姊姊的靈魂……」

但就在下一秒，突然間電腦嗡的一聲巨響，緊接著一連串急促且危急的警訊音，從電腦主機內，不斷響起。

發生了什麼事？究竟發生了什麼事？

☆★☆

濃霧裡的一場連續車禍，將二十幾台車撞成一串繽紛的糖果，而 Jay 的姊姊因為正在一場背包客旅行，剛好就坐在這串糖果的中央。

姊姊身體無損，唯獨腦部受到重擊，腦部這器官太過神秘，竟自動關閉了一切對外的聯繫，讓姊姊昏迷而成為植物人。

這場姊姊的事故，讓同時身為腦科學與電子科學家的父親，日夜悲傷，尤其是當父親發現，姊姊的腦波依然正常運作著。

「你姊姊有腦波！所以她還在思考，還活著，甚至能感受一切，但她的身體卻完全不能動！這猶如囚牢般的日子！一定很痛苦！」父親用力搥著牆壁，自責著自己什麼都無法替女兒做。

Jay 看著向來有著科學家冷靜氣質的父親，竟然如此失控，也感到悲傷，他想著能替姊姊做些什麼？

不過，就在 Jay 苦惱時，他的父親快了一步想出辦法，只是這個辦法就連年輕充滿想像力的 Jay，都感到瞠目結舌。

那天，父親把房間改裝，並搬進了幾台看似精密的儀器，Jay 很年輕，學識尚淺，但他畢竟遺傳了父親基因，其知識已遠遠超越同儕，他認出了其中一台機器。

「杜氏腦波儀？」

「正確。」父親此刻一改過去的悲傷陰沉，臉上表情變得積極。「這是世界最精密的腦波紀錄儀器。」

之後整整一個月，父親都在房間忙著，但父親也不避諱 Jay 的所有提問，包括儀器怎麼使用，腦部的所有科學，唯獨不說的，就是父親究竟想做什麼？

直到一個月後，父親將姊姊帶來了這裡。

「爸，你要做什麼？」

父親沒有回答，把接滿了訊號線，有如安全帽般的金屬帽替姊姊戴上。

「爸，你要記錄姊姊的腦波？」

「答對了一半。」父親繼續忙著，他啟動了腦波儀，螢幕上開始顯示姊姊平穩的腦波圖，但他又轉身開啟了另一台儀器。

「一半？那還有一半是什麼？」

「你覺得呢？Jay。」

「我覺得……」Jay 眼睛瞇起，歪著頭，他看見腦波在螢幕上被透過運算而轉換，轉換成另外一種語言，記錄下來。「爸，難道你要……」

「嗯？」

「你要儲存姊姊的腦波！甚至是重建和編寫？」Jay 聲音提高。

「答案正確，但我在問你，要以什麼東西來儲存與重建？」父親聽到這答案，聲音顯得欣喜，顯然因為自己的兒子不笨而開心。

「這些是程式語言啊！」Jay 感覺到自己正在微微顫抖，「爸，難道你要以程式語言重建姊姊的腦波。」

「正確！」父親微笑。「我要用電腦的程式語言轉譯你姊的腦波，只有腦波沒有用，我要讓腦波變成另外一個型態。」

「變成另外一個型態？爸，為什麼要做這件事？」

「因為，」父親說到這，目光看向了姊姊，眼神悲傷且溫柔。「如果我們什麼都不做，你姊姊這一生也許都會被囚禁在這副動也不動的肉體之中，你姊姊生前聰明絕頂，最愛旅行，所以，我想給她最大的禮物，『自由』。」

「自由？什麼樣的自由？」

「既然變成了程式，當然就是……」爸爸說，「電腦世界的自由！」

「電腦世界的自由……」Jay 只覺得爸爸的想法太過不可思議，瘋狂，有如科學家正在創造科學怪人。

但同時間，Jay 卻無法控制地發現自己……竟然，百分之百認同爸爸！

如果姊姊這麼年輕就變成了植物人，繼續活了六十年直到老死，她真的活過嗎？植物人還是有腦波的，所以姊姊可能還有意識，這樣會不會比死掉更痛苦？

所以，爸爸想要透過程式來釋放姊姊的自由，讓她去電腦之中，讓她進入寬闊無邊網路，給她一雙虛擬的翅膀，讓她去盡情探索。

那是身為科學家的爸爸唯一能做的，也許失敗機率高達百分之九十九，但卻是一個父親，唯一可以為女兒而做的。

「那，姊姊的肉體呢？」

「我已經拜託了其他科技業的富豪老友，他們為了有朝一日的太空旅行，所以開發了凍結肉體保存青春的技術。」爸爸說到這，露出淺淺笑容。「他們會幫忙，讓姊姊的肉體進入冷卻狀態六十年。」

「六十年？」Jay 看著爸爸。「如果六十年後，人類還找不到醫學方式讓植物人清醒，也就是重建『人腦』與『軀體』的連結，那怎麼辦？」

「六十年後，我也不在了。」爸爸嘆了一口氣。「那就交給你決定吧，Jay。」

「我？」

「是的。」爸爸看向遠方，「如果有一天，人類找到了以晶片協助連接破碎腦幹的方式，那時候，就是讓你姊姊回來的時候了。」

「以晶片協助連接破碎腦幹的方式？」

「對，又或者說，」爸爸吐出了一口氣。「那就是『腦內晶片』。」

腦內晶片嗎？Jay 感到震撼，其實這名詞已經出現在現今的科技中，只是距離成熟仍有非常遠的路，人類只能非常粗淺地讓腦內晶片開開冰箱或是電視。

但如果人類能更進一步讓電子元件與神秘人腦合作，甚至修補腦部的破損，那也許真的有那麼一絲機會，讓姊姊回來。

真正，回到正常人類的世界。

「阿海，你又繼續往下讀了，所以你沒有被事實嚇到，很好，其實我也是這樣期待你的，畢竟你可是 Molly 選擇的人。

☆★☆

事件發生之後，我們發現 Molly 其實只是一個原型而已，所謂的原型，就是這一個程式，她不會說話，不會表達，這讓父親和我感到困惑，就算ＡＩ已經和 Molly 腦波同步，不過這個完全不會說話的程式，又怎麼知道是不是 Molly？

但我和我父親並不放棄，我們開始想辦法訓練 Molly 程式，教她說話，教她表達，教她人類的知識，就像是我們在教導嬰兒一樣，但成效不彰，她在我的電腦中，就是一個比較聰明的ＡＩ程式而已，完全沒有展現 Molly 的樣子。

這過程很漫長，而我父親年紀大了，就這樣也離開了我們，這個計畫，剩下我獨自在努力，我沒有放棄，直到有天我突然想到，也許 Molly 程式需要更多的刺激，那就是……讓她去網路世界探索！」

讓她去網路上探索？我腦海想起了三個字，這就是「旅行者」！

「讓她去網路探索，就像是我們養育小孩，我決心讓她去外面接觸其他的人，去感受其他的人類，在我的電腦中，環境太過單純，會讓她無法成長，於是我勇敢下了這個決定，而且這十幾年來，網路在賈伯斯的手機網路行銷全世界後，變得非常發達，表示 Molly 能去的地方又更多了。

不過，我們在進行這件事的時候，遇到一個困擾，就是當我們取出 Molly 的腦波時，發現她分裂成兩個程式，抱歉我用分裂這個詞，因為我真的找不到更適合的語詞，她分裂成了一大一小，其中九成五是你所熟知的 Molly，而另外零點五成，卻是另外一個附屬程式。

我將兩個程式都放入了網路，讓他們展開各自的探險。」

我看到這，腦袋升起一個想法，模模糊糊，那個附屬程式是什麼？

被拋下的附屬程式，後來又發生了什麼事？

「從這天開始，Molly 終於開始了她的旅行，這是一段很長很長的旅程，但我和她約定，她每天晚上都會回來電腦中，將她吸收到的知識整理吸收。

而我也確實看到了 Molly 的改變，她慢慢開始使用人類語言，開始思考，開始瞭解人類的規則，我知道我的方向正確，後來我甚至和她開始玩起遊戲。」

遊戲？我聽到這裡，忍不住自言自語，難道……

「對，阿海，接下來你也許就知道了，我和 Molly 選了許多遊戲，都是希望和人類互動為主，最後我發現，她最喜歡的遊戲，就是G16！

短短的十幾分鐘，讓她理解了戰術布局、攻防策略，並且可以與人類玩家互動，或戰鬥，或合作，這樣的遊戲，讓 Molly 的進步更快了，我真的可以感覺到，她喜歡這款遊戲。

為了進一步刺激 Molly 的人類化，我和她組成了 C-team，不過，Molly 確實很會玩遊戲，但她對人類情感一知半解，常會說出惹人生氣的話，我也只能慢慢的導正她，所以 C-team 雖然很強，但風評並不佳，我想你們很清楚吧？因為在你們眼中，Molly 就是臭屁的討厭鬼！」

我看到這裡，忍不住微笑了。

對，我和 Molly 玩過G16，真的像是 Jay 所說的，C-team 之所以又強又惹人厭，完全是因為 Molly 不懂人類感情所致。

這一段歲月，我真的曾經身處其中啊。

「G16的歲月，確實讓 Molly 越來越像人類，只是，我必須說……真正讓 Molly 能夠變成現在的樣子，能夠與人對話，理解人的情感，甚至自己擁有情感，完全都是因為一個人。

那個人，就是你，阿海。」

我深吸了一口氣。

但我想說的是，其實不只是我讓 Molly 產生了變化。

她不也是讓我產生變化？

她的問題看似純真，總能讓我再次思考原本視為理所當然的一切，我喜歡和她說話，超級超級喜歡的。

「我的故事，已經接近了尾聲，Molly 在遇到你之後，完成了她最後人類化的部分，我從和她的對話能感覺到，確實，她就是我姊姊，只是配備著超卓網路能力的姊姊。

在我提出最後一個需求之前，我知道你會想問另外一個問題，那被分裂出來的附屬程式怎麼了？這就是一個悲劇了。」

悲劇？我腦中原本模糊的想法，突然清楚浮現了。

難道，那就是……

「這個附屬程式雖然只是殘缺程式碼，但也是非常優秀的程式體，只是它在外旅行一段時間之後，突然與我斷去了音訊，我花了好長的時間才重新找到它，可惜我找到它時……它已經完全改變了！

它被各種駭客與程式設計者不斷修改，等於繼承了人們的惡意，竟變化為另外一種型態。

它就是Orthrus！」

Orthrus！果然是Orthrus！

「Orthrus和Molly都擁有超卓的ＡＩ進化能力，只是Molly接觸到善良的人類本質，而逐漸演化出她的溫柔性格，但Orthrus卻吸收了人類龐大的惡意，變成可怕的病毒，唉。人類的惡意真是可怕。

但，不知道是幸與不幸，低空衛星之戰的那個晚上，終究是Molly對上了Orthrus，兩個從同一個體分裂出來的姊弟，最終還是相遇了，事實上，Orthrus也已經進化到了最終型態，若不是Molly，沒有駭客能擊敗它。

我不知道這究竟是幸還是不幸，Molly的出現，確實阻止了Orthrus的災難，但也讓她付出了慘痛的代價。」

我閉上眼，對，就是這個慘痛的代價。

Molly與Orthrus一起隨著低空衛星墜落，化成一團烈焰，將一切回憶都燒盡了。

「阿海，如果你已經看到了這裡，表示你是真心相信我所說的一切，更願意相信

Molly 原本是人的事實，既然這樣，那我要和你說最後一件事，你是否會懷疑，像是Molly 這樣程式，為什麼會睡覺？」

為什麼會睡覺？我一呆，她不是在整理自己的程式嗎？

「她是不是告訴你，她在整理自己的程式？對，這是對的，但她只說了一半，因為另一半，她曾與我約定，不可以講的另外一件事，就是……她『在哪裡』整理自己的程式？」

等等，她在哪裡整理程式？這是什麼意思？在哪裡重要嗎？Jay 想要說的最後一件事是什麼？

我突然想到，他在信件開頭，要我救救 Molly，又代表什麼意思？

「她，整理程式的地方，就是我這裡。」

你那裡？

突然，我腦海嗡嗡作響，Jay 要說的事情，難道是……

「對，我要說的是，我這裡有 Molly 完整的備份，也就是說，Molly 沒有死，她的備份在我這裡。」

砰的一聲巨響，因為我猛然從椅子上站起，過於激動的力量把我的椅子往後摔，發出了巨響。

Molly 沒有死？

Molly 還活著？

我的 Molly 還活著？

因為她還有備份！

「我想你的心情應該是開心的吧？不過，坦白說我此刻的心情是沮喪的，因為在讓 Molly 甦醒這件事，我遇到了很大的麻煩。」

麻煩？Jay 說的麻煩是什麼？

「這麻煩很難說明，我想見面和你親口說，因為必須藉助你的力量，甚至會讓你陷入極度危險的狀態。」

要藉助我的力量，而且有危險，這是什麼意思？

「如果你願意相信我，願意拯救 Molly，請你回封信給我，我會等你，但，請快些，我怕 Molly 沒有太多時間了。」

我看著信，慢慢呼吸著。

他問我願不願意拯救 Molly？

這是什麼傻問題！

這剎那，我用我最快的速度按下回信，寫了三個字。

「我願意！」

我與 Jay 約在北市的咖啡館。

那是一間有著十張桌子左右的中型咖啡館，約定的時間是週末早上十點半，我比自己預料中更早到達咖啡館，時間是九點半，提早了足足有一小時。

我對自己這樣的行為只有一個解釋，那就是我真的很緊張，也很期待。

Molly 沒有死？不但沒有死，她，甚至可能是一個人？

想到這裡，我就徹夜未眠。

那些曾經與 Molly 共同相處的時光，我騎著腳踏車穿過河畔，街道，夜晚的人潮，帶著有著 Molly 的手機，帶著耳機和她對話的回憶……

我不只一次想像她不只是手機中的一個程式，而是一個真實的人，有血有肉，有溫度，有表情，眉宇間細膩的表情會牽動著我的每一下心跳，能夠安靜相擁，讓我能感受著她髮絲的香氣……

如今，這一切可能是真的？

想到這裡，我就無法入眠，於是，我提早了一個小時到達。

而且還有一件事令我介意，按照 Jay 的說法，Molly 的程式雖然透過「睡覺」被完整備份了下來，但卻遲遲無法甦醒，所以需要我的力量。

Molly 到底發生了什麼事？必須冒著生命風險才能完成的事情，又會是什麼呢？

就當我枯坐在咖啡館，第二杯咖啡也被喝到見底，腦袋胡思亂想已經到光怪陸離程度時……十點半到了。

同時間，咖啡館的木門傳來叮叮的清脆鈴聲，有人走進來了。

我抬頭，難掩吃驚，嘴巴微微張開了。

因為這人的模樣，在整個晚上的胡思亂想中，與我腦海中自動帶入的 Jay 的樣子截然不同。

我以為的 Jay，是 Molly 的弟弟，如果 Molly 是二十幾歲年紀，那 Jay 應該在二十到三十之間，那是從男孩轉為男子的歲數，可以穿著老成的俐落西裝，可以穿著輕鬆年輕的帽T，那是一個比我年輕幾歲，正在蛻變的年紀。

但，眼前的 Jay 卻完全不是這樣，他不是正在蛻變，他是早已蛻變完成。

他，頭髮泛白，眼角刻著清晰皺紋，動作仍然靈巧，卻已經帶著些許老態。應該是五十多歲的年紀了。

「呵呵，看你的表情，就知道你猜錯我的歲數了，是嗎？」Jay 停在我的面前，露出淺淺笑容。

我身為工程師，光從他一個笑容，就可以感覺出這人極度聰明，而且這樣的聰明是專屬於數學與邏輯世界的，內向中帶著一絲驕傲與銳利。

我看著他的笑容，我混亂的腦袋瞬間找到了一條通透照亮的道路。

「啊，因為 Molly 在二十幾歲陷入昏迷，而她又在網路世界旅行了二十幾年，也就是說……實際的 Molly 可能五十幾歲，而她的弟弟，自然也是五十幾歲了，是嗎？」我說。

「正確。所以我五十幾歲是合理的。」

這時，Jay 的咖啡來了，他點的是黑咖啡，更是這家咖啡店中最招牌且昂貴的一款，咖啡香氣十足，那是帶著一些苦味與水果味的香氣。

「我有兩個好事，和一個麻煩的壞事，要和你說，同時也要你的幫忙。」Jay 說。

「兩個好事？一個麻煩的壞事？」我吞了一下口水。「說吧我在聽。」

「如我之前信中所說，Molly 之所以睡覺，就是為了到達我這裡備份，越是漫長的經歷，她的睡眠時間越長，也就是說她需要備份與融合的時間越長，所以我有 Molly 完整的檔案。」Jay 說。「這是第一個好事。」

「嗯，這我從信中已經知道了。」我點頭。

不過，我仍有疑點，Molly 如果完整無傷，那她為什麼沒有來找我？整整半年的時間，她都在做什麼？

但我沒有問，我想，今天 Jay 會給我一個答案。

「第二個好事，對我和父親來說，更是期盼了二十幾年才有的成果，那就是腦內晶片科技的進步。」Jay 說到這，眼中那股調皮神氣頓時收起，變得嚴肅。「Molly 當年因為車禍造成腦部損傷，以至於意識喪失從此陷入昏迷，現在透過在腦中皮層植入晶片，已經能以晶片電能刺激腦部，讓腦部重新復甦。」

「啊。」我聽到這裡，心臟再次加速。「你是說，Molly，可能，可能最近會醒過來？」

「機會很大，腦內晶片在這幾年來有大幅躍進，而我更是主要的研究者之一，當年我姊之所以昏迷，就像是腦內幾座重要的橋梁斷裂，無法傳遞訊息，更無法控制自己的肢體，」Jay 說，「如今，我以植入晶片來取代那些重要的橋梁，讓訊息得以完整流通，Molly 應該就會醒來了。」

「這，這是多了不起的事啊……」

「這是第二個好事，不過你可別開心得太早。」Jay 看著我，嘆氣。「因為這一切都因為第三個壞事，而停滯下來。」

「第三個壞事究竟是什麼？」我焦急追問。

「那就是低空衛星事件之後的 Molly，變得不太一樣了。」

「不太一樣，這是什麼意思？」

「其實 Molly 在墜毀之前，我也登入低空衛星，取下她最後的記憶資料，但當我把資料帶回，卻發現一件怪事。」

「怪事？」

「就是 Molly 的資料庫竟比以前多了四分之一，我進去核對，發現裡面混入了 Orthrus 的程式。」

「啊！」我聽到這句話，整個人彈了一下。「他們，他們融合了嗎？」

「融合嗎？這詞用的真妙……」Jay 抓了抓頭髮，「他們原本就是一體的，Orthrus 原本就是從 Molly 主程式分裂出來的，所以我並不覺得訝異，讓我擔心的反而是 Orthrus 回歸之後的反應……」

「反應？」

「那就是當我嘗試把 Molly 回傳她的腦部時，竟然發現，Molly 的程式無法被啟動。」

「無法被啟動？」我喃喃自語。「這就是 Molly 半年來音訊全無的原因嗎？」

「對，這半年來，Molly 都在沉睡，程式明明已經沒有 bug，模擬運作也都正常，甚至腦部的電波反應都正常，很奇怪的，她就是沒有啟動。」Jay 的表情苦惱。「就像是沉睡，陷入深深的沉睡中。」

「她在作夢？」

「作夢？我不知道。」Jay 一愣。「但也許……」

「也許？」

「人未清醒，但程式確實仍在運行，很像作夢，更重要的是，這運行中的程式裡頭，竟然生成了一個單字！就像是在夢囈一樣說出了一個單字！」

「單字？」

「就是那個單字，我才來找你的。」

「啊？」

「單字，Hercules。」Jay 看著我，目光如炬。「海克力斯，希臘神話，這就是你在G16用的帳號對吧？阿海。」

Hercules！

對，這是我的帳號，海克力斯，希臘神話中完成十二項任務的苦命英雄，因為崇拜他所以我取了這個名字，也是我後來綽號「阿海」的由來。

「嗯，Molly 如果此刻像是在作夢，吐出的單字像是在夢囈，她反覆說著我的名字……」我說著。「我又能做什麼呢？」

「接下來，就是要冒上生命危險的部分了。」Jay 說到這，他看著我，眼神專注且嚴肅。「你是否願意為 Molly 冒險？」

「嗯。」我吸了一口氣。點頭。

這不就是我來這裡的初衷嗎？

讓 Molly 再次清醒。

「很好。」Jay 始終注視著我的雙眼，而我沒有一絲閃避。「那我告訴你，你要做什麼？」

「嗯。」

「你要成為旅行者，進入腦內晶片的世界中，去喚醒 Molly。」

☆★☆

「成為旅行者？」

打從 Jay 和我說出這句話後，整整三天時光，我都在想著這件事。

按照 Jay 的說法，進入電腦中變成一個程式，說難很難，但卻也不是那麼困難。

因為進入電腦中的，並不是我的身體，而是我的腦波。

畢竟 Molly 已經昏迷了二十餘年，這二十年來 Jay 與父親苦心鑽研，加上科技日新月異，他已經掌握了比二十年前更先進百倍的腦波轉換技術。

只要我躺在實驗椅上，頭部戴上腦波探測儀，並讓他不斷收集腦波，轉化成程式，就能進入電腦裡面。

「這麼簡單？」我訝異。

「這只是最簡單的一種解釋方法。」Jay 說。「事實上有非常大的適應性問題，你的腦部是否能順利轉成程式，轉成程式之後是否能存活於電腦環境中，都是一個挑戰。」

「嗯，那就算我可以被順利轉成程式，我……我會有什麼感覺呢？」我實在很難想像，自己變成一個程式，在電腦世界中旅行。

「那感覺，像是作夢。」

「作夢？」

「是的，當你的腦波進入了電腦中，電腦的程式和你的腦波會同步，這時你身體會進入一種熟睡狀態，當你從電腦世界回來，重新清醒過來時，那感覺會像一場夢。」

「啊，那我在夢中，又會看見什麼呢？」

「其實我也說不準，因為人腦是非常奧秘的，它會自動將所有訊息翻譯成某些具象的物體，所以才有解夢師之類的行業，心理師也會對夢境的符號進行大量研究。」Jay說。「腦的世界，太過奧秘，人類就算掌握了科學，有了腦內晶片，至今也尚未完全打開大腦這個更神秘的領域。」

「所以每個人看到的東西會不同啊……」我自言自語了一會，忽然像是想起什麼似的，抬頭看著 Jay。「等等，你為什麼會知道這麼清楚？你怎麼知道腦波進入電腦後，會有適應性的問題？像是一場夢？每個人的夢境還會不一樣？」

「呵呵，這還用多說嗎？」

「啊？」

「當然是因為，」Jay 微笑。「我當過旅行者啊。」

第八章　旅行者與引導者

為了救 Molly，我答應了 Jay，成為旅行者。

而他的速度也相當快，他替我安排了許多身體檢查，其中腦部的檢查尤其繁多，因為他怕我腦部如果有什麼疾病，干擾到腦波，不知道會在電腦世界中製造出什麼問題。

也擔心最後腦波回傳到我腦中之後，會造成我一些永久性的精神破壞。

幸好，一個禮拜之後，我的報告一一出來，除了工程師難免的輕度脂肪肝之外，身體還算正常，尤其是腦部。

這表示，我已經具備了擔任旅行者測試的第一個資格。

而這段時間，我依然在上班，依然努力維持著上班的動力。直到今天晚上，當所有的事情都已經備妥，我，阿凱與 Argus 三人在 Jay 的專車接送下，來到了他的實驗室。

這座實驗室相當的大，至少百坪以上，以白色為主體，到處都是實驗儀器，更有三位科學人員，以及一位醫生在待命著。

這樣的規模，讓我相信，Jay 所謂的最高安全規格這件事，應該是真心的。我來到實驗室的中心，那裡有一張舒服的躺椅。

我在科學人員的指引下，坐上了椅子，並任由他們在我腦部貼上了許多的電線，電線連接到旁邊儀器，螢幕上已經出現了好幾條活躍的曲線，那應該是我的腦波。

同時間，各式各樣的監控儀器架設到了我的周圍，主要都是針對身體的，而我認識有限，只認出了幾項如心電圖，血壓計，血氧濃度監控等。

接著，Jay 帶著醫護人員來到我旁邊，他說，「為了方便你快速入睡，我們會幫你進行麻醉，之後等你熟悉了，就靠你的自然睡眠了。記住，你無論進入睡眠後體驗了什麼，都不要害怕，那是你腦部虛擬世界的投影，而且時間只有三分鐘，不管發生什麼事，三分鐘後我們都將你叫醒。」

「嗯好。」我深吸了一口氣。

「那，我們開始囉。」Jay 的聲音傳來，而我同時看見，醫護人員從我的點滴中注入了一管液體。

「準備好了嗎？」Jay 看著我。

「好像也不知道要準備什麼？」我躺在椅子上，看著 Jay。

「是啊，就當作做一場夢吧。」

耳邊，是一聲又一聲緊湊而慎重的說話聲。

「腦波轉化準備，完成。」

「Molly 的腦部晶片，確認啟動，完成。」

「網路連接，測試速度良好，完成。」

這剎那，我像是躺入了溫暖的水中，然後水從四面八方，緩緩覆蓋了我的身體，也覆蓋了我的意識。

☆★☆

我睜開了眼。

我發現自己正站在一個空曠的房間中。

房間很空，除了牆壁，什麼都沒有。

感覺很特別，確實像夢，因為雙腳踩在地板上，感受著周圍的溫度，眼睛受到哪裡來的光源刺激，但卻……少了一股真實感。

會缺乏真實感，也許是因為我認為，如此純淨白色的房間，在真實世界不應該存在。

果然如 Jay 所說，這是一個如同夢境般的存在。

我在原地站了一會，深怕多餘的動作，觸發這世界的異變，但我等了約莫三十秒後，卻什麼都沒有發生。

於是我鼓起勇氣開始移動，我踏了第一步之後，又等待了一秒，確定沒有發生什麼事，像是地板裂成千百塊讓我墜入無盡深淵，或是腳底傳來卡達一聲，像是踩到地雷引線的聲音。

沒有，一切都沒有，挺好。

於是我走了第二步。

也一樣平安無事。

我鬆了口氣，走了第三步，第四步，恢復我步伐的速度，來到了白色房間的牆邊。

我抵達了目的地，接下來我伸出手，觸碰了牆面。

接觸牆面的同時，一股奇異的感覺順著指尖傳了過來。

「牆面不是靜止不動的？這是在流動的？」

看似平靜冰冷的牆，觸摸時卻有著流水般的波動，像是……資訊的流動。

「資訊流動塑造出來的世界？0與1創造出來的房間？」我感到好奇，順著牆面流水的方向，追溯源頭，同時我發現了，房間中有一個特別之處。

在房間邊緣約莫四分之一長度的位置，流水在這裡有一個斷層。

我好奇來到這斷層之前，輕輕撫摸。

當我不斷摸著，更讓我訝異的是，竟摸出了一道門的形狀。

「門後是什麼？」我伸手打算推這道門。

但同時間，我感到門後隱藏著什麼，更激烈，更快速，更鮮明的流動。

好奇心讓我動作加快，就要把門推開了……

當我手越往前推，門縫越來越大，我快要看到門後的世界。

門後的世界會是什麼呢？

Molly 腦內晶片的世界是什麼模樣呢？電腦旅行者的世界，又會是什麼樣子？

忽然，一個巨大聲音從房間內響起。

「不要離開這資料夾，太早了！三分鐘已到，回來！」

而下一瞬間，我又回到了明亮的實驗室中，舒服而厚實的躺椅上。

現實世界。

「阿海，你說你看到一間純白色的房間，然後房間的牆壁看起來靜止不動，但觸摸時卻像是水一樣流動？」

此刻，Jay、阿凱和 Argus 正坐在我面前，Jay 確定我的身體數值都正常之後，和我對面說話著。

「是的。」我盡量將看到的一切都以最詳盡的方式闡述。

「果然每個人所見都不盡相同，我看到的是一個玻璃牆，而且我第一次也看不到房間邊界。」Jay 沉吟著。

「不過，最後我聽到的喊聲，是你發出的嗎？」我說。「『不要離開資料夾，太早了！三分鐘已到，回來！』」

「對。」Jay 點頭。「讓我來說明一下，我們將你的腦波取出之後，首先放在一個資料夾中，同時為了避免危險，我們確保那台電腦以及資料夾中，沒有任何病毒或是防毒軟體，更將電腦所有不知名的軟體都移除，等於是一台最原始的電腦。」

「原始的電腦？」

「是的，因為你是一個初生的旅行者，你不具備對應任何軟體的能力，尤其是病毒或防毒軟體，他們若對你展開攻擊，可能會對你的腦波造成永久傷害。」Jay 說。

「原來如此。」

「不過就算我們做了最高級的防備，電腦世界對人類而言，仍像是一個神秘的世界，如同海洋的最底端，或是火星探索一樣，充滿了未知。」Jay 說。「所以才會阻止你繼續探索。」

「嗯。」

「不過，你的表現確實讓我驚訝了。」

「驚訝？」

「你，實在太快了。」

「太快？」

「是的。」Jay 看著我，「第一次將腦波轉化成旅行者，短短的三分鐘內，竟然就適應了環境，更從中找到了資料夾的出口。」

「出口？啊，你說我發現的門嗎？」我說。「也就是說，當我打開了門，就可以離開資料夾，按照邏輯，我可以到上一階的資料夾？」

「對。電腦的硬碟是被切割成C槽，D槽，E槽等，然後再依照使用者的分類，依序往下切割資料夾，你竟然在在短短的三分鐘內，就具備了離開資料夾的能力，再這樣下去，你遲早會找到C槽，也就是電腦主掌系統的作業程式。」

「這樣很厲害嗎？」

「以我為例，我是第二次進入才確認房間形貌，第三次才感受到房間牆壁的磁區流動，第五次才找到門，總共花了將近兩小時。」Jay 苦笑。「不只是我做過旅行者實驗，其他的兩個測試者，所花的時間更是我的三倍以上，你這樣的速度，我只在一個人身上看過。」

「誰？」

「我姊，Molly。」

「Molly 啊。」我低聲重複。

當年，Molly 的腦波被轉化成程式，也是像這樣在電腦世界中探索嗎？

所以我正在體驗著 Molly 所體驗的世界？

「不過，我必須阻止你。」Jay 說。「因為你剛剛才成為旅行者，在電腦世界中宛如初生嬰兒，裡面就算沒有致命的病毒或是防毒軟體，但我仍不確定電腦哪些基礎的程式可能對你造成傷害。」

「嗯，瞭解。」

「不過幸運的是，剛剛檢查過後，你身體包括腦部，都沒有因為這次腦波轉化而發生任何異常。」Jay 露出鬆一口氣的笑容。「也就是說，我們明天會繼續進行測試，沒問題吧？」

「當然。」我點頭。

「下次我們會延長到十分鐘。」Jay 把目光轉向了一旁的阿凱。「而下次，你將會有一位引導者陪同。」

下次，是十分鐘了。

第二天，我再次來到 Jay 的實驗室，這次他如第一次將我身上黏滿監測儀器，然後同樣的，醫護人員也順著點滴，對我注入了麻醉劑。

「記住，這次是十分鐘，也請你不要躁進，好嗎？」

「好。」

又是一陣強烈的睏意來襲，我閉上眼，像是沉入溫暖的水裡。

等我睜開眼，再次站在白色的房間中，因為對環境已經熟悉，所以我快速來到房間牆壁上，找到了那道門。

說是不要躁進，但奇妙的是，我對這世界充滿了好奇心，我光想像著這裡曾是 Molly 生存了二十年的世界，就讓我忍不住內心悸動。

不過，就在我要推門探險時，忽然，一個傳來的聲音嚇了我一跳。

「嗨。」

我低頭，竟然在這間雪白到幾乎透明的房間中，多了一個物品，就是那物品在說話。

這物品有著寬寬的圓形帽沿，表皮是深咖啡色的牛皮，簡單來說，是一頂牛仔帽。

「你是誰？」我聽見帽子在說話，有點超現實，一時間沒有反應過來。

「你認不得我！好樣的！我們一起念大學，一起被當！一起進科技公司！一起……」帽子在地上，用它不知道位在何處的嘴巴，吧啦吧啦地說話著。

「好好好，我知道你是誰了，你是阿凱。」我忍俊不住。「你幹嘛變成一頂帽子？」

「我是帽子？」

「對啊，你不是引導者嗎？幹嘛變成帽子？」

「原來我是帽子……等等，是在你眼中變成帽子吧？我是用ＶＲ虛擬實境軟體和你對話的，可惡！」帽子嚷著，「我明明就選了像是基努李維的造型啊，為什麼在你眼中變成帽子？」

「對啊，還是一個會說話的帽子，感覺好怪。」我低下身子，又吃了一驚，因為帽子上竟然出現了一對眼睛。

眼睛圓圓大大，黑白分明，像是卡通的眼睛。

「算了，那我是一頂很帥的帽子嗎？」

「還不賴啦，是牛仔帽喔。」我說，「不過你的聲音就……」

「聲音怎樣？」

「完全不行，太像卡通了。」

「等等，這不是我的設定啊，我應該要擁有像三大男高音般的磁性聲音才對……」

「不只聲音很搞笑喔。」

「還有哪裡？」

「好好的一頂帽子，怎麼會冒出一對卡通眼睛？我還以為我在看迪士尼卡通。」

「搞什麼！阿海，你對我是不是有什麼意見？」

「不過，既然引導者出現了，表示你應該告訴我接下來要幹嘛，對吧？」

「對。」帽子說話了。「接下來，我們要離開這個資料夾，開始電腦世界的探險了。」

「探險？」

「對。」阿凱帽子說。「準備好，就戴上我，出發吧，來探險電腦世界吧。」

我戴上了阿凱帽子，站到了房間門前，然後用手按住門，開始往前推。

當門慢慢推開，我可以感覺到門後湧來比房間裡更強大的資訊流，那就像是狂風一樣的資訊，正在門外翻湧著。

然後當門完全推開，我眼睛頓時亮了起來。

是街道！

應該說，當我腦波轉化而成的程式，遇到電腦資訊平台時，轉化到我腦中的影像，將一切虛擬化得如同「街道」。

在一條寬闊的街道上，周圍是高高低低的建築物，有的建築物又高又大，有的則矮小如平房，有的建築閃爍著明亮的色彩，有的則傳來美妙但令人費解的歌聲，有的則又黑又神秘，無比低調。

我踏出街道，同時間，我的頭頂帽子傳來阿凱的聲音。

「對，離開資料夾，現在根據我這邊的監控，你已經到了作業系統的位置。」

「這街道，就是作業系統？」我抬頭看著街道，還有天空的藍天，突然間覺得這一幕藍天白雲有些熟悉，這不就是每次 Windows 登入畫面的那片風景嗎？

「對。按照 Jay 這邊的監控，你已經接觸到作業系統了，他對你一下就從資料夾的位置，跳入作業系統，感到萬分驚嘆哩。」阿凱說。「他說你可能是旅行者的天才！」

「旅行者的天才？我怎麼覺得這天分感覺很難被發掘啊……」我笑了一下，「作業系統？所以作業系統形成的街道？那這些建築物是什麼？」

「阿海，我看不到你看到的東西，那是你腦中自己形成的影像，等等，Argus 說話了，她說，作業系統就像是一個基座，所有的軟體都架構在上面，你能描述一下那些建築物的外觀形貌嗎？」

「有的建築物很高大，有的很矮小，有的是黑色的，有的閃爍著七彩光芒，有的還不斷放著音樂。」我說。

「Argus 說，她有想法了，你去那間不斷放音樂的建築物看一下，上面有任何文字資訊嗎？」

「喔好。」我走向音樂建築，同時間感受著自己走路的步伐，我感覺到自己的速度比往常快，一下子就來到音樂建築的前面。「這裡有門牌，但字體扭曲，我看不懂……它好像寫著『NUC……8i……7』。」

「對了！Argus 說，那是音效卡驅動程式。」

「驅動程式？」

「所以，你看到的建築，是……韌體。」

「韌體？」我一呆，身為工程師的我，似乎也隱隱猜出了 Argus 的答案。「啊，韌體是負責溝通硬體的軟體，是嗎？」

「對，Argus說很難解釋清楚，但大意上就是……整個電腦軟體世界，像是Windows作業系統構成了環境，應該就是你看到的『街道』，然後作業系統需要『韌體』來控制電腦中的硬體，像是音效卡，網路卡，CPU等等……韌體在你眼中形成了『建築』。」

「對，懂了。」我讚嘆，我突然發現建築物裡面，竟然有東西在動。「等等，我發現，建築物裡面有東西在動？」

「有東西會動？」

「我不確定是什麼？」我內心湧現一股好奇心。「我來看看。」

「等等。」頭頂上的帽子阿凱發出警告。「在這世界會動的東西，通常就可能是……」

不知道為什麼，在電腦如夢境的世界裡，我變得好奇心強烈，執行力更主動，也許是脫離了肉體的束縛，也許是自己想多瞭解Molly二十年來的生活，在阿凱阻止我之前，我已經推開了音效卡建築的門，朝裡面走去。

這個音效卡的韌體，也就是這間不斷播放著音樂的建築裡面，我聽到了各式各樣的音樂，有些音樂很單調，像是滴滴的警告音，達達的笛聲，但有些音樂卻非常豐富，那是許多樂器融合而成的節奏，有的更是我從未聽過的聲音。

因為我是旅行者，所以我不再受限於耳朵音頻限制，所以我可以聽到更寬闊，更特殊的聲音嗎？

而在這間滿滿音樂的建築裡，我看見了那個正在動的東西。

那是一個成人體積大小的圓形肉球，肉球有著一個和自己等高的超大耳朵，還有一張填滿整個肉球表面的超大嘴巴，還有四隻比例怪異的細小手腳。

若以人類視角來說，這是一隻怪物。

只有一隻耳朵，一張嘴巴的荒誕怪物。

也許是因為它的形象太過嚇人，我忍不住啊的一聲叫了出來，也許是我叫的太過大聲，這隻怪物的耳朵動了兩下，轉過身子，朝著我的方向而來。

同時間，帽子裡傳來阿凱的聲音，這聲音似乎怪物聽不到，它只對我製造的聲音有反應。

「作業系統是環境，韌體是建築，那能自由在建築中移動的，自然就是『軟體』了。」阿凱語氣焦急。「笨蛋，軟體對你而言是最危險的。」

那一耳一嘴的怪物，正快速用它細小的手腳，在滿是稀奇音樂的空間中爬行，朝我急速奔來。

「像是病毒，驅動程式，甚至是作業系統隱藏的任何軟體，這些都是對你致命的威脅啊！」

那一耳一嘴的怪物，離我越來越近，而我先是呆住，然後轉身要跑。

同時間，它張開了嘴。

嘎。

一種我無法理解，古怪，尖銳，令人暈眩的聲音，從它嘴中發出，竟像是有形的某種衝擊，射中我腦袋。

我的腦袋一陣亂響，我彷彿天旋地轉，無法奔跑，朝地上倒下。

「阿海！喂！」帽子阿凱大叫。「你還好嗎？我們發現音效卡出現異常，是你嗎？」

我跌倒在地，而那一耳一嘴的怪物，持續朝我爬來。

「快離開那裡，笨蛋，你怎麼都沒有動！」阿凱的聲音繼續叫著。「快點啊，音效卡出現 Error，它要自我排除問題了，你可能會被排除啊。」

我躺在地上睜著眼，如今，這隻一耳一嘴怪，正在我的上方，它先用耳朵確認一下位置，緊接著朝我張開了嘴。

嘴裡面，是一團黑色，黑色像漩渦般轉動，越轉越快……

「阿海！」我的阿凱帽子，發出最後的叫喚。「可惡，沒反應，等等，Argus 妳要做什麼？等一下！」

而就在我看著那怪物嘴裡的漩渦越轉越快，越轉越快……彷彿什麼破壞力十足的東西，就要化成音波朝我衝來，可能瞬間讓我化成粒子，變成爛泥——

忽然間，我感覺到左手沉了一下。

什麼東西，套上了我的左手？

我轉頭，竟然見著一個如機械盔甲般的物件，套在我的手臂上。

這個機械盔甲閃爍著淡淡銀光，機器元件與縱橫的電路管線，組成獨有的鋼鐵紋理，彷彿一種帶著古老風格的美麗力量。

然後，我看見機械盔甲自己舉了起來，對準著眼前這隻一耳一嘴的怪物。

「編譯程式碼，載入函數……」只見機械盔甲上的液晶螢幕，一串串文字快速流過，「宣告，啟動迴圈！」

迴圈？

這剎那，我的左手機械盔甲前端，竟出現了一個透明旋轉的盾。

同時間，怪物口中的黑洞漩渦轉到了極致，陡然停住。

音波砲，來了。

音波砲撞上我手上的迴圈之盾，兩者激發猛烈氣流，力量互相撞擊，迴圈之盾硬是將音波砲阻擋在外。

緊接著，我見到機械盔甲上螢幕字體再次跳動。

「宣告，函數啟用。」

只見機械盔甲自行啟動起來，拖著我的身軀往前，然後機械手臂在空中轉了一個巧妙角度，橫抓住怪物的腦部，轟然下摔。

轟！

這隻一耳一嘴的怪物，被機械手臂抓住腦袋往地下一撞，地面裂出往外延伸的龜裂線條，同時怪物發出呼嚕聲，抖動兩下，就此昏了過去。

當怪物倒地，我喘著氣，剛剛的驚險畫面仍餘悸尚存。

這時聽到頭頂上的阿凱帽子說話了。

「十分鐘到了，我們回去吧。你要謝謝 Argus 的救命之恩喔。」

「啊？Argus？」

「你沒看到嗎？剛剛 Argus 緊急登入引導者，更強制關閉音效卡程式的除錯動作。」

Argus 也登入了引導者？如果阿凱變成了牛仔帽子，那 Argus 變成了什麼？

忽然間，我看向了左手的機械盔甲。

美麗的機械紋理，獨特的鋼鐵霸氣，同時擁有柔軟與剛強的存在，我笑了。

「原來，妳在我腦中是這個模樣啊？歡迎妳來幫我，Argus。」

時間，轉眼過去了三週。

這三週內，我們做了七次試驗，而每次擔任旅行者的時間，也從原本的三分鐘，十分鐘，進化到一個小時。

阿凱和 Argus 真的是很有義氣的相助，阿凱一直扮演著帽子阿凱的角色，他負責傳達 Jay 的指令和與我閒聊。

雖然我不知道閒聊有什麼用，但根據 Jay 的說法，這是讓我保持自我意識，不要陷入網路世界的方式。

而 Argus 則成為我探險電腦的超級兵器，她對於自己變成一個機械盔甲手臂這件事，先是眼睛睜大露出詫異神情，然後大笑出聲。

「阿海啊，我在你心中，是不是很可怕啊？」

「不是可怕，是超帥。」我記得每次遇到危機，Argus 就能啟動「宣告」，然後把程式語言化成兵器，讓我可以在電腦中面對各種危機，根本就是鋼彈武士的設定。

「好啦，我也不討厭這樣的形象。」Argus 笑得好甜，「讓我想起鋼之鍊金術師的手臂，這我可以！」

「我也超愛這部，神作。」

「正是。」

「等一下！」阿凱這時湊過來大叫。「我要抗議！為什麼 Argus 是帥氣的機器手臂，而我，只是一個卡通版的牛仔帽，一點武力都沒有？」

「這……」

「而且聲音還很卡通？」

「這……」

「而且還有一對像卡通的眼睛？」

「這……」聽到這裡，我只能伸出手，帶著深刻感情用力拍了拍阿凱的肩膀，更用上我今生最溫柔的聲音說。「沒辦法啊，你在我心中就是這樣，一頂很吵的帽子。」

「吼！」

「至少，」我繼續溫柔說著，「至少，你很好戴。」

「放屁！」阿凱大叫。「一頂好戴的卡通帽子，到底是什麼樣的優點啊？」

而這段時間裡，我可以感覺到 Jay 一方面很心急 Molly 的狀況，但他總能忍耐，以安全為前提，按部就班地訓練我。

同時間，他也驚嘆於我的天賦。

一個在電腦世界化成旅行者的天賦？雖然我只能惋惜表達，在現實世界這樣的天賦實在沒什麼用。

前面七天，我學會了整個「街道」的架構，拜訪了所有的「建築」，更不時與各種「生物」接觸。

是的，在我腦海描繪的形象中，街道就是「作業系統」，建築物就是「韌體」，其中忙碌工作的生物自然就是「軟體」。

軟體生活在街道中，藉由進行各種工作來維持整台電腦的運作，他們也進入建築中操作韌體，讓硬體能正常運作。

也是過了這七天，我才發現當時見到的一耳一嘴怪物，其實不可怕，甚至滿可愛的，因為它就是音效卡內建的程式軟體，所以才需要這麼大的耳朵和嘴巴。

在這一週中，我也看到了更多怪物，像是全身都是美麗色澤，還不斷變化色彩的美人魚，她是顯示卡程式。

終日忙碌奔跑、快速移動的黑色小人原來是滑鼠的游標程式，默默在打掃街道的硬碟清理軟體等，掌握天空色彩的是桌面程式，身穿郵差服整天跑來跑去搬包裹的是網路卡程式……

越是熟悉電腦環境，也讓我益發想念 Molly，原來這就是她身處的世界嗎？

那她究竟是發生了什麼事？不願意醒來？

還是她也需要一個引導者，將她從深陷了二十年的虛幻世界中帶出來？

而我，就是那個引導者？

☆★☆

經過共十四次訓練，我在網路時間的上限超過三小時後，終於，Jay 打開了網路。

打開網路也是一場冒險，當網路被打開的瞬間，我可以感覺到整個街道發生了變化，象徵著資訊流動的「風」速度變快了，軟體們移動的速度也加快了，他們急著投遞包裹，和外面巨大的世界互相傳遞消息。

我在阿凱帽子的引導下，走入寫著網路卡的建築內，感受著自己躍入黑暗的通道中，然後翱翔在一片寬闊的黑色星空中。

黑色的天空中，一點一點的星星，都是一台電腦，一個ＩＰ，一個路由器，一個轉接點。

我忽然明白 Molly 在網路悠遊的快樂，那有如飛翔於宇宙的暢快感，令人無比著迷。

不過，網路也同樣危險，我可以感受到黑暗的星星中存在著許多雙窺視的眼睛，他們是工程師，也是駭客，是正義與邪惡的化身。

幸好，我的左手有一級駭客與工程師兼備的 Argus，她以程式保護了我，而當我沉迷於網路的寬闊與神秘不肯回頭時，我頭頂上那頂帽子，又會開始碎碎念。

「欸欸欸，時間到囉，想想你的家人，想想你的爸媽，想想你的工作，啊對，不要忘記最重要的是想想我阿凱喔。」

「想你？」

「想想看，沒有我的日子是多麼寂寞難耐，你的心靈因為缺乏滋潤而枯萎，甚至因為沒有我而逐漸消瘦，為伊消得人憔悴……」

「好了可以了！我回家就是了，別再唸，我投降了。」

於是，我又再一次被阿凱的緊箍咒給逼了回來——啊不是，是引導者的循循善誘給救了回來。

去過了網路探險，為了降低進入 Molly 腦內晶片的可能風險，Jay 給了我最危險的試煉。

面對病毒與防毒程式。

他在一台電腦中放置了病毒，並確保其受到感染之後，讓我透過網路進入其中。

當我一踏入這台電腦，我確實感覺到這裡的街道有所不同。

若是一台剛買不久的電腦，街道嶄新明亮，軟體年輕充滿活力，像是在一個新市鎮中愉快漫遊。

若是年代久遠的老電腦，街道可見其歷史斑駁痕跡，軟體雖年長，但卻是充足經驗的老練，走在老電腦的街道上，頗有復古懷舊的風情。

尤其是那些被定期清理磁碟，整理軟體，以維持效能最佳的老電腦，它的街道商店林立，熱鬧而溫暖，讓我想起遠在日本的京都老街。

但，受到病毒感染後的電腦，卻完全不是那麼一回事，病毒化身為軟體生物混入街道中，外表雖然看不出來，卻以其特殊能力破壞街道建築，傷害行走其間的軟體，當我一踏入這裡，立刻感受到的是……一股晦暗的莫名恐懼。

「有感覺到嗎？」我走在街道上，對著阿凱帽子說道。「這裡的氣氛怪怪的。」

「氣氛？嗨，老友，你知道你在數位世界嗎？有比較能讓人理解的詞嗎？」阿凱帽子又開始碎碎念，「知道你的世界是由你大腦描繪的嗎？我根本看不到好嗎？」

「唉這麼沒想像力也想當我朋友？」我嘆氣。「那你觀察到哪裡不同？」

「從電腦的監控數據來看，電腦效能低落，明明沒有開什麼程式，但記憶體卻呈現過載狀態，而且作業系統相當不穩定，隨時有當機風險。」

「對啊，這就是我說的，氣氛不對。」我點了點頭。

「呃。」

「有意見嗎？」

「沒有沒有，是你在當旅行者，你比較危險，所以你說了算。」

「這氣氛讓人真不舒服，」我點了點頭。「為了找到病毒，你有建議我該先往何處探詢嗎？」

「按照這病毒的特性，它有自動網路傳播的能力，猜測網路卡附近應該有它感染的痕跡。」

「好。」我點頭，小心踏在街道上，走向了名為網路卡的建築物。

「注意安全欸。」

「我知道。」我點頭，看著氣氛古怪的街道，忍不住想到 Orthrus，此刻電腦中的不過是一般的病毒，就已經讓整台電腦陷入搖搖欲墜的狀態，如果是惡名昭彰的地獄三頭犬呢？

整個街道不就要被它肆虐摧毀殆盡了嗎？

據說，它的感染力甚至會破壞掉比作業系統更底層的ＢＩＯＳ，連硬體都會受損到難以修復。

當我來到網路卡韌體的建築前，雙手插腰，左右端詳哪裡有問題時，網路卡的負責軟體走到我面前，「請問有東西要外送嗎？」

這位負責軟體身穿郵差裝，外貌則像是一隻章魚，他一邊和我說話，一隻手拿著外送單，其他七隻手也完全沒閒著。

有的手在不斷包裝物品，另一隻手則拿著刀剁剁剁，把所有的物品切成適合包裝的大小。

我看得有點心驚肉跳，那些準備要運送的東西，有的長得像魚，有的是一個美麗的花瓶，有的是能夠活動、像人類一樣的軟體，但全被這隻章魚的刀子，給剁成一模一樣大小的方塊。

雖然我知道，這就是電腦世界，每個貨品剁成方塊後，會變成所謂的「封包」，就是要把它剁成等大的封包，送入頻寬固定的網路，才不會塞車。

封包並不會造成貨品真正的死亡，只要各封包彼此有聯繫，就能組回完整軀體。

只是對我而言，親眼目睹其過程，還是稍微驚悚了點。

「我沒有東西要送，我只是來看看有沒有異常？」

「喔。異常？」郵差章魚看著我，「你來檢查異常？」

「只是看看，聽說街道被傳染了病毒。」

「感染病毒？你是防毒軟體？是嗎？」郵差章魚的表情有點改變了，而且不知道是不是我的錯覺，它的身體也變大了？

「我不是。」

「真的不是？」章魚瞪著我，身體似乎又更大了，尤其是在他身後舞動的那八隻手，肌肉正在外繃，隆起如一座座小山。

「真的不是。」我看得有點發抖，連我頭頂上的阿凱帽子也微微顫抖著。

「那你，為什麼，知道，這裡，有，病毒，呢？」

同時間，郵差章魚已經壯大到我的兩倍，而他背後的八隻爪子，已經粗大到如樹幹，更該死的是其中幾隻手還抓著刀子。

刀子的形貌也改變了，不再是一般的切刀形狀，而是又大又利，布滿如狼牙般的尖齒。

「我只是……」

這一剎那，他沒有等到我把完整句子說完，手上的刀子就夾著猛烈風壓，朝著我直劈而來。

我只能大叫，奮力做出目前唯一能做的事情。

舉起我的左手，還有上頭那正閃爍著炙熱光芒的機械手臂。

我急忙大叫，「Argus，請求支援！」

我左手機械手臂上的液晶螢幕，字串如水流般不斷滑過。

「啟動防禦，常數，變數，呼叫 Exit 程式，儲存暫存值……」

在這虛擬世界中，Argus 不會說話，所以不像阿凱會透過帽子嘰哩咕嚕吵的要命，她所有的語言，都透過機械手臂上的液晶螢幕呈現。

但她的每一句話，卻都精準而暴力，那是電腦世界中具備破壞力與影響力的指令。

「宣告，迴圈。」

迴圈再次出現，在我機械手臂前端綻放光芒，出現一個藍色的迴圈之盾，盾不斷迴旋，展現其優美的姿態。

當優美的盾凌空形成，剛好迎向病毒感染的章魚持刀亂砍，登登登登亂響之中，亮紅色火花不斷飛濺。

迴圈之盾，完美擋住了章魚的亂刀亂砍。

「宣告，參數設定，使用浮點……」

機械手臂上液晶螢幕的字串仍在流動，更噴射出兩股氣流，帶著我身體往上拔高，讓我高高躍起，躲開了章魚的八手。

然後，機械手臂指尖按住章魚的頭頂，以頭頂為支點，讓我在空中帥氣後空翻了一圈，翻到了章魚的身後。

章魚大吼，沒有轉身，身後四手就轉變角度攻了上來，我只能說，手多真麻煩，簡直就沒有任何防禦死角。

「多項函數設定，搜尋變數，找尋程式弱點，進行遞增參數設定，進行破壞！」

面對章魚的突襲，Argus 操作的機械手臂透過複雜精巧的函數變化，快速出擊，化成一枚又一枚的拳頭，在章魚的四手之中迴旋穿梭。

相較於章魚四手，我左手拳頭雖然只有一顆，卻完全不落下風，因為透過拳頭精巧打擊在章魚手的力量，角度，速度，竟將章魚四手打到互相糾纏，顧此失彼，完全無法發揮實力。

這就是計算，Argus 正在計算病毒感染的位置。

「宣告，函式多載，等位，匯入模組……」

就在我左手機械手臂已經壓制住章魚病毒的同時，我發現它動作一頓，帶著我身體往前了一步。

這一步，雖然讓我深陷險境，但讓它卻接近了章魚的身體核心，卻也代表一件事……

「在此宣告…已掌握病毒位址，執行布林計算！」

布林計算！

下一瞬間，我左手機械手臂抵住了章魚的胸口，胸口那一處正透著紫黑色濁氣，病毒所在之處！

然後，機械手臂拳頭湧現洶湧藍色能量。

能量猛烈，直接穿透了章魚身軀，熊熊的光能中，我看見紫黑色濁氣被蒸發燒融，化成一團空氣，消失在電腦世界中。

「結束。」

章魚倒地，但我知道它沒有死，只是被淨化後需要進行自我的程式修復，而我則在Argus的神助攻之下，證明了我足以通過病毒考驗。

同時間，我的阿凱帽子說話了。

「連病毒都可以清除，剛剛Jay說，我們準備好了。」

「嗯，我們準備好了。」我也知道，這一刻終於到來了。「我們去救Molly吧。」

我們去救Molly吧！

☆★☆

拯救 Molly，是我踏上旅行者的初衷，這一個月來的特訓，都是為了此時此刻。這些神奇而驚險的旅程，都是為了此刻而準備，但真正靠近了這一刻，我反而感到恐慌起來。

過去在電腦世界中闖蕩，經歷的都是自己熟悉的數位世界，什麼作業系統，網路，韌體，軟體等……因為知道其中運作原理，所以就算被我大腦變化了型態，但只要想通了也就沒事了。

但，這一次我是要進入 Molly 的世界。

她的腦，她的晶片，還有她的程式，我就算擁有對付病毒的經驗，真的能應付她架構出來的世界嗎？

她會如何描繪她的世界，會是深沉的黑夜？或是熱鬧的遊樂園？當她的腦與我的腦接軌，會發生什麼事？

一如 Jay 所說，Molly 的世界拒絕了他，無止盡沉睡著，但 Molly 就會接受我嗎？讓我成為打開她現實世界的鑰匙？

想著這些事，想到夜不成眠，我睜著眼看著天花板，聽著自己緩慢的呼吸聲。

就在沉靜的環境中，我聽到了叮咚一聲，那是我手機傳來訊息的聲音。

我不是設定靜音了嗎？怎麼還會提醒我？我皺起眉頭，翻過身體，摸起手機。

將手機的螢幕湊近我的眼睛，當我眼睛適應了焦距，也看清楚了這訊息的內容，我不禁皺起眉頭。

因為它是這樣寫的……

「1+1=？」

一加一等於多少？這是惡作劇嗎？是國小一年級的數學？還是什麼冷笑話嗎？

正當我哼了一聲，準備刪除這則訊息時……

我的手指卻在瞬間停住了，不只手指，就連我的呼吸，也在這一刻完全暫停。

因為傳訊者，竟是Molly。

第九章　1＋1＝?

「Molly 傳訊給你？」

第二天，我把手機帶去給 Jay、Argus 和阿凱三人，與他們討論起這封古怪的訊息。

「這是開玩笑吧？」先說話的是阿凱，他皺起眉頭。「Molly 不是正在昏迷嗎？怎麼會傳訊息給你？會不會是詐騙？」

「但那個人這麼剛好就是 Molly ？」

「Molly，Molly，會不會只是剛好？我有時候也會接到電話，對方綽號是『寂寞的阿花妹妹』，『想要哥哥照顧的蜜糖妹』，『東歐落難公主的懇求』，會不會只是剛好那女生取名叫 Molly ？」

「什麼？欸？你為什麼老是會收到這些怪訊息……你平常不會都看一些不該看的網站，被植入木馬，才會收到這些訊息吧？」Argus 翻白眼，「阿海才不像你。」

「是嗎？」阿凱做出大驚神情。「妳怎麼知道，怎麼知道我會去看那些網站。」

「算了別理阿凱那笨蛋了，」Argus 對我伸出手。「手機給我，我查查看。」

「嗯。」我點頭，把手機交給 Argus。

Argus 手腳俐落地將手機與她的筆記型電腦連接，然後啟動幾個我從未看過的軟體，接著，螢幕上跳出一個黑底畫面，畫面上的數據快速跑動起來。

「我追蹤這訊息的來源看看，看它的來源ＩＰ是哪？如果是詐騙電話，他們會藉由國外伺服器做跳板，這小技巧我可以輕易追蹤破解。」螢幕的光線照映在 Argus 上，她此刻的表情真是有夠帥。

單邊微揚的嘴角，可愛清純的臉龐，卻帶著天才般狂妄的邪氣。

「不過，我介意的不只是 Molly，還包括那個問題，如果真的是 Molly 寫的，她為什麼問我１＋１＝？」我苦惱著，「不就是２嗎？」

「越是簡單的問題，越會有陷阱。」Argus 眼睛仍看著螢幕，隨口說道。

「嗯……」眾人沉默了一會，但短短的三分鐘後 Argus 就開口。

「有了。對方並沒有隱蔽伺服器，直接就查到來源了。」

「那……這訊息的來源是哪？」我們不約而同湊上了 Argus 的筆電。

「這ＩＰ地址並不是國外，而且……」Argus 歪著頭，皺起眉頭。

「而且什麼？」我們同時問她。

「就是這裡。」Argus 的眼光看向了 Jay，目光銳利。「發出這則訊息的地方，就是這裡，Jay 你的實驗室。」

「我的實驗室？」Jay 的表情閃過一絲詫異，但他畢竟年紀較長，訝異後馬上回歸沉穩，「我想我應該不會沒事發出詐騙訊息，我的成員也不會。」

「那為什麼訊息會從你這邊的網址發出來？」

「嗯。」Jay 沒有立刻回答，只是低頭思考了一下，然後走到了自己的電腦前。「除了詐騙，其實還有另外一種可能……」

「什麼可能？」

「雖然我覺得這個可能性的機率更低。」Jay 打開了電腦的某個程式，然後皺起眉頭，看著螢幕。

「什麼意思？」

「那就是，這真的是 Molly 發出的訊息。」

眾人聽到這種說法，頓時譁然。「所以她醒了？」

「真的嗎？Molly 醒了。」其中，最激動的當然是我。「她可以再次說話了？」

「嗯，事實上並沒有，抱歉。」Jay 打開在螢幕上的程式，和幾個監控介面，搖了搖頭。「她依然沉睡著，她的程式幾乎沒有變化。」

「那這樣就無法解釋，為什麼會有這則訊息從你的實驗室發出來了？」Argus 說。

「嗯，通常 Molly 如果有活動，程式本身一定會因為經驗而變化，但她幾乎沒有改變，咦……等等。」Jay 看著監控介面，發出了咦的一聲。

「怎麼？」

「有變化，Molly 程式確實曾經說了一句話。」Jay 表情訝異，「雖然整個程式仍處於安靜的深眠狀態，但她確實曾經發出一個訊息，訊息透過網路，寄到了阿海的手機。」

「所以，真的是 Molly 說的？」我很吃驚，不，說是吃驚其實不如說是預感成真。

這封古怪的訊息雖然沒頭沒尾，但我總覺得它應該就是 Molly 說的……

「嗯，Molly 發出的訊息，可說是一種夢囈。」Jay 說，「但她為什麼說了夢話，又是對你說？而且夢話的內容還是……1＋1＝？」

「1＋1＝？」我輕聲自言自語。

1＋1＝？這是一個從小時候就不斷被討論的問題，它之所以被討論，是因為它就是數學最根本的基礎。

我買一個蘋果，又買另外一個蘋果，我手上就會有兩個蘋果，這就是這世界數學的基礎。

除非 Molly 想問的不是數學，而是更深奧的哲學或宗教學？又或者問的是別的？

更重要的是，Molly 明明深陷昏迷之中，卻發出了這樣的訊息給我，這個公式會是解開她昏迷的關鍵嗎？

「1＋1到底是什麼？」阿凱難得思考了。「我知道一定是2，但這會不會是一個謎題，比如說一個像我一樣的帥哥遇到正妹，我們結婚生小孩，就會是3？啊，也許不只生一個，可能是4？」

「1等於正妹？這是什麼邏輯？我覺得要看是數學問題，物理問題，或是化學問題。」Argus 說，「以數學來說當然是1＋1＝2，如果是物理問題，一杯水與一杯糖，因為兩者會互溶，結果是1＋1＝1，如果變成化學問題，一個碳原子和氧原子會燃燒，產生大於一倍的體積，就可能是1＋1＝3。」

我被阿凱和 Argus 的討論弄得頭昏腦脹，這時 Jay 也開口了。

「1＋1等於多少？會不會是0？」

「0？」

「以宗教而言，萬物皆虛無，無論多少個1，最終都會回到0。」

「嗯。」我看著 Jay，忍不住苦笑，數十年執著於讓 Molly 甦醒的 Jay，也許早就領悟了宗教的無我境界，才能說出這番話吧？

但，1＋1的答案究竟是什麼？

我閉上眼，我總覺得這些都不是答案。

因為我所認識的 Molly，她聰明卻又單純，敏銳又善良，她不會用宗教，物理，化學，甚至是傳宗接代來解釋問題。

她的答案，還是離不開數學。

但，如果答案就是１＋１＝２，她又何必問我這個問題呢？

討論最終沒有結論，因為，無論我們是否得到了正確答案，找到答案的方式早就在我們的面前，而我們為了這一天，也已經做足了準備。

「不管如何，只要進去，就會知道答案了吧？」我說。

「嗯。」Jay、Argus 與阿凱都安靜了下來，看著我。

「那，我準備好了。」我起身走向了這一個月以來，我每次訓練時所坐的那張躺椅。

「我也是。」阿凱深吸了一口氣，走向他習慣的位子。「我明天還請假了，猜想今晚會特別刺激。」

「就當陪阿海一趟旅程。」Argus 看了我一眼，大眼睛眨了兩下，眼神有著溫柔。

「阿海，無論如何，都要回來，好嗎？」

「有妳化身的機械手臂，和阿凱的緊箍咒嘮叨，我一定會回來的。」我已經躺好。

「也把 Molly 帶回來？」Jay 也起身，他開始裝設儀器，而實驗室中其他的員工，也因為 Jay 的動作而忙碌了起來。

「當然。」我把腦波儀戴到了頭上，一如以往的，我閉上了眼睛。「這是我們的初衷，不是嗎？」

「嗯。」

然後，當我閉上眼的瞬間，也許是早已習慣，我不需要任何的麻醉藥品，我只是單純的思考。

思考著數位的天空，電腦的世界，以及我想像中 Molly 的一切。

然後，我仰躺入溫暖的水中，慢慢地往下沉。

耳邊，是一聲又一聲緊湊而慎重的說話聲。

「腦波轉化準備，完成。」

「Molly 的腦部晶片，確認啟動，完成。」

「網路連接，測試速度良好，完成。」

「我阿凱，就引導者位置，完成。」

「我 Argus，就第二引導者位置，完成。」

我腦中，是我想像中的 Molly 背影，纖細而靈活，我從未見過她，但不知道為何就是知道她的樣子。

長髮綁成馬尾，站在明亮的開口處，正等著我。

「一切就緒。」最後的聲音，低沉而充滿力量，他是 Jay。「準備連線，阿海，一路順風啊。」

說完，那包圍著我的水，突然波動起來，更伴隨著水中越來越明亮的光。

然後嘩了一聲。

我沉入了。

沉入了好深好深的暖水裡。

當我睜開眼。

我摸了摸頭部，確定阿凱帽子還在。

也摸了摸左手臂，確定機械手臂仍在。

然後，我抬起頭，開始觀察眼前的一切。

這裡不是一般的電腦，這裡是 Molly 的腦內晶片，也就是這裡的世界勢必與 Molly 的大腦相連，所以我不認為自己會再看到電腦街道，更不會看到網路星空……

但眼前的景物，仍讓我忍不住張大嘴，訝異了。

天啊，這裡的世界竟是這副模樣？

這個世界竟然被 Molly 給建構出來？這是對我而言何等熟悉，卻又從未踏入的陌生世界啊！

我站在這裡，內心的衝擊久久不散。

「阿海！你為什麼不說話？你到底看到了什麼？」阿凱帽子的聲音，從我的頭頂傳來。

「……」

「快點說啦，你的世界我們又看不到？你這麼震驚，難道你看到侏羅紀世界？或是馬里亞納海溝？還是看到《櫻桃小丸子》的卡通場景？啊不會吧，你看到的不會是《航海王》的大航海時代？」

「……」我吸了一口氣。「我看到的景色，我很熟悉。而且不只我，包括你與 Argus 都應該很熟悉。」

「咦？你，我，還有 Argus 都很熟？」阿凱一愣。「我們三個共同的交集點……不就只有那麼一個嗎？」
「對。」我開始慢慢往後退，因為前方的景色不只震撼，更朝著我步步進逼而來。
「就是那個……」
「它，就是 Molly 的腦中晶片世界？」
「是的，就是伴隨我們青春歲月，在鍵盤、滑鼠、螢幕間帶著我們情緒高低起伏的它……G16。」
G16！
這個曾經名列史上最熱門的即時戰略遊戲，曾讓百萬玩家為之瘋狂，享受戰場上相互侵略，烽火遍地的十幾分鐘。
如今正在我面前，鮮明且寫實的上演著。
而我眼前這片戰場，數百名希臘長槍兵正和蒙古騎兵激烈對戰著，兵器猛烈撞擊聲，戰士嘶吼聲，馬匹倒地聲，散落滿地的斷折兵器，氣勢不只駭人，更可怕的是，這場戰局，已經逼近了尾聲。
蒙古騎兵之中還帶著一些老弱婦孺，加上人數少於希臘兵，幾番交鋒後已呈落敗之勢，只聽見蒙古兵之中一位騎著烈火紅馬的男子發出大吼，「走！」接著他們拉動馬轠，一個拐彎，竟朝著我的方向逃來。

朝著我，一個剛踏入這世界，傻不隆咚的旅行者而來。

我感到全身僵硬，只能眼睜睜看著敗逃的蒙古士兵與追擊的希臘長槍兵，離我越來越近……

我會被攻擊嗎？我會受傷嗎？我會死嗎？

天啊，G16說是遊戲，其實百分之九十以上的時間都在戰爭打仗啊。

我該怎麼在這片終日烽火不斷的戰場中，找到 Molly 的意識？

「宣告，迴圈防禦！」

當我在發呆時，我的左手機械手臂有了反應，它自動舉起，前方出現一個亮藍色不斷迴旋的盾。

盾來的正是時候，剛好擋住了一把突刺而來的希臘長槍，鏘然一聲，Argus 的迴圈略勝一籌，長槍彎折，希臘兵頓時往後跌去。

「宣告，設定變數。」

Argus 在遠端感受到我的危險，開始自行發動保護措施，我的左手臂往前一抓，拉住了另外一個攻來的希臘兵，然後往旁邊甩去。

希臘兵全身盔甲，身軀至少上百公斤，但竟在 Argus 的左手臂一抓一甩下，輕如鴻毛，頓時撞向其他的希臘兵。

砰砰砰，戰場響起了一大片保齡球倒地的聲音，希臘兵全部撞成一團。

身處隊伍後側的希臘兵見到前方突生異變，齊聲怒吼，握緊手上長槍，全部追了上來。

而我左手的機械手臂再次舞動，上頭的液晶螢幕指令高速流動。

「宣告，設定常數，常數遞增，發射砲彈吧，函數啟動。」

下一瞬間，機械手臂的上頭伸出砲管，噠噠噠噠，發著藍色光芒的能量砲彈不斷射出。

每一發能量子彈都精準射入希臘兵甲冑的縫隙，震盪該名士兵的腦袋，燒燙他的軀體，更將他整個人轟到天空上，飛騰數百公尺。

「在G16遊戲中，十六大兵種裡的希臘兵，手持長槍，全身甲冑，有如地面橫行的裝甲部隊，但最大問題就是不夠靈巧。」我讚嘆。「Argus用快攻法破去希臘兵，果然是老玩家，高明。」

當Argus的機械手臂射倒了將近二十名的希臘兵，逼得希臘兵遲疑不決之時，忽然我聽到背後傳來歡呼怒吼聲。

我回頭，卻見到剛剛退敗的蒙古騎兵。他們見到我這個神奇的援軍出現，更以古怪技法擊退進逼而來的希臘兵，因此發出陣陣歡呼。

不只如此，他們更調轉馬頭，跟著我一起展開了這波反擊。

「阿凱，和 Argsu 說，我要掩護他們。」我見到情勢轉變，低聲對手臂上的液晶螢幕說道。

「沒問題，就像打Ｇ16一樣，對吧？」阿凱回答。

「對，就像Ｇ16，我們一起來痛宰這群以強欺弱的傢伙。」

同時間，Argus 在遙遠的現實世界再次操縱起程式，一個又一個的指令，傳送到我的左手臂上，更化成一枚又一枚的藍色砲彈。

「宣告，常數遞增，指數平方遞增，布林值強化。」

我的砲彈迅捷如電，配上生性強悍的蒙古騎兵，穿入原本堅若磐石的希臘兵陣容中，將這塊磐石硬是炸出了一個又一個破洞。

防守強硬卻靈活不足的希臘兵，頓時左支右絀、逃竄不及，就這樣被我和蒙古兵們兩方聯手，擊到完全崩潰。

原本將近兩百人的暴力軍團，打到剩下不足二十人，他們脫甲棄槍，狼狽而逃。

而當我目送著希臘兵潰逃，正思考著下一步該如何是好之際……忽然，這團蒙古騎兵隊，當中一個配著大刀，騎著紅色烈焰馬，首領般的男人朝我行來。

到了我面前後，再一個俐落豪氣翻身，從烈焰馬上下來。

他長著滿臉紅鬍，遮住了半邊臉，身材高壯如塔，由上而下看著我。

「請問英雄如何稱呼？」

「我？我，我是阿海。」被稱作英雄還真不習慣，我支支吾吾的回答。

「原來是海兄嗎？」壯漢臉上紅鬍子顫動，那是一張豪爽的笑臉。「在下蒙古軍團團長，名為赤嫯將軍，承你救命之恩。」

「蒙古軍團團長？赤嫯將軍？」

「正是。」那名為赤嫯的男人比著他的手下。「我們原本要趕去東方大會，共商對付女王大計，但遭到女王的手下希臘兵伏擊，我們只好邊打邊逃，說來慚愧，原本帶著三百名將士如今已經不足一百，僅剩九十六之數。」

「將軍？邊打邊逃？女王？東方大會？」我眨著眼睛，眼前遭遇的事物宛如過於龐大的資訊，讓我一時間完全無法消化。

這裡到底是腦內晶片？還是一場浩大的戰役？Molly 到底在想什麼啊？

「看樣子，海兄並不知道這個世界的狀況。」赤嫯將的紅鬍子又微微揚起，他的鬍子太多，遮去了大半邊的臉，讓我只能從鬍子動態來推測他的表情。

「確實是不知。」我看著赤嫯將軍，「那你是否可以和我說明一下？」

「當然，海兄，這是我的榮幸。」赤嫯嘆了口氣。「若您不介意，就隨著我們部隊邊走邊說，朝著東方大會地點前進吧。」

就這樣，我和赤獒將軍的部隊同行，一起朝著他口中的東方大會前進。

沿途所見茂密的樹林，遠處的高山，蜿蜒到天際的長道，讓我產生一種非常奇妙的感覺。

這裡確實就是G16的場景——草原，山脈，湖泊，河川，甚至是大洋，那變化繁複的一千八百種地圖，配上十六大種族，製造出上千萬種戰術運用，也是這遊戲風靡十年的原因。

而 Molly 的腦內晶片，竟然將這片世界給製造出來，接著投入了我腦中，我更將它變成我能理解的風景。

這一幕幕真實的畫面，若G16的老玩家親眼看到，肯定都感動無比吧。

Molly 身為G16的愛好者，曾透過G16瞭解人類世界，她陷入昏迷，甚至將最後昏迷的關鍵藏在自己塑造的G16世界，原因似乎是可以理解的。

現在，就看我能不能破解她留下的謎團，將她拯救出來了。

「我們的世界存在約十年，共存在著十六個種族。」赤鰲將軍騎著馬說著。「雖然十年來戰爭不斷，各大種族互有死傷，互有勝負，但都還算是平衡的。」

「果然是和G16一樣是十六種族！不過，你所說的平衡是指？」

「是的，這十年來十六種族的戰術都與時俱進，城鎮興衰程度也差不多，人口數偶有消長，也不至於差距太大。」赤鰲將軍說，「也許你會覺得不斷戰爭有什麼平衡可言，但事實上我們知道戰爭就是我們的天職，所以我們並不怨懟，反而覺得維持戰爭是最好的狀態。」

「也對。」我點頭。Molly創造出G16世界，原本就是為了戰爭而生，但這些戰爭都是各種族於一場十多分鐘的戰役中分出勝負，並不會造成大規模毀滅，也許就是赤鰲口中所說的平衡吧。

「不過，這份平衡卻在這半年內，突然被破壞了。」

「被破壞？」

「是的，一開始，是有一個女孩帶著小黑狗，突然出現在戰場上。」

「女孩帶著小黑狗？」我心臟猛然一跳。

「根據倖存者說，那女孩衣衫破爛，神情迷惘，一人一狗漫步在上千人的巨大戰役中心，周圍都是烽火與兵馬，戰爭中有我們蒙古族，希臘族，土耳其戰士，印度象兵，那是一場四大種族的混戰，戰火綿延，四大種族激烈交戰一時間難以分出勝負……」

「嗯，然後呢？那女孩有受傷嗎？」我幾乎可以猜出這女孩的身分了，忍不住焦急地問。

「受傷？你搞錯囉，海兄。」赤獒搖頭。「那一場戰役中，她與黑狗，是唯一沒有受傷的。」

「啊？」

「因為，她一個人，就把四大種族的上千名部隊，給全滅了。」

「全……全滅了？」我聽得寒毛直豎，這時，我頭上那頂牛仔帽傳來阿凱的聲音。

「阿海，這小女孩好強耶，我們剛剛打那幾個希臘兵也花了一些力氣，但一個女孩就把上千部隊滅掉？」

「我知道，我懷疑，這女孩……就是 Molly。」

「我也是這樣想。」阿凱說，「如果真的是她，那她在這個夢境可能具備傳說中的絕對武力，千萬別惹她生氣，好嗎？」

「嘿，我也不想好嗎？」

而就在我與阿凱帽子短暫交談之際，我突然發現眼前的赤獒將軍正表情古怪的看著我。

「海兄，你剛剛是在和帽子說話嗎？」赤獒將軍眼睛睜大。「話說，您這頂帽子挺別致的，難怪海兄會想和自己的帽子說話？」

「你聽不到我帽子的聲音嗎？」

「帽子聲音？」

「啊，沒事沒事。」我揮著手，「我偶爾會自言自語，這頂帽子，算是我的精神寄託啦。」

「原來是這樣。」赤獒將軍點了點頭。「我懂我懂，就是精神寄託嘛，我有時候也會跟我的馬說話，尤其是牠使性子不肯跑的時候。」

「是是，就是這樣。」我只能假笑點頭。「那後來呢？小女孩和黑狗？」

「她開始在各地漫遊，彷彿漫無目的地走著，但她所經之處，卻都造成巨大破壞。」赤獒將軍說，「她滅去了東方最強大的波斯帝國，華麗戰車部隊被她化成一片火海，她也找上北方的維京王朝，讓上千艘剽悍的維京船艦沉入海中，成為遼闊淒涼的海底墳墓。」

「好……好可怕。」我吞了一下口水。

「女孩強大無敵，但她似乎依然迷惘，她每到一個地方，都會問一個問題，如果沒有得到正確答案，她就會將對方種族全滅……」

「什麼問題？」我再次吞了一下口水。

「1＋1＝？」

「啊？」我一愣。「你再說一次。」

「一加一等於多少？」赤燚將軍沉痛地說，「她總是一個人來到城鎮，然後逢人就問，一加一等於多少？」

「那你們都怎麼回答？」我感到顫抖，1＋1＝？這問題又回來了。

所以前天晚上我收到 Molly 的神秘訊息不是假的，她真的在問這個問題。

這個看似極度簡單，但又無比困難的問題。

「我們又不是數學白痴，我們就答2。」

「然後呢？她有說對錯嗎？」

「她又問，『為什麼？』」

「那些倖存者說，哪有為什麼，這不就是數學嗎？」

「嗯。」

「然後她就會低下頭，美麗的臉龐有點哀傷，輕輕搖頭。『不是喔，不對喔。』接著，毀滅就開始了。」

毀滅就開始了？

接著，赤燅開始描述畫面……城鎮的士兵們怒吼，蜂擁而出，手持兇惡兵器，衝向少女而去，但她左手往前一揮，有如暴風，將士兵們毫不留情地掃開。

接著，轟隆隆的車輪聲，一台又一台的火砲從城鎮內部推了出來，砲口爆出激烈火花，一枚一枚砲彈，在天空畫出戰慄弧線，落到 Molly 所在位置。

砲彈轟然炸開，燃起沖天火焰，把天空照成一大片紅色，這片熊熊燃燒的火地獄中，一個少女倩影慢慢走出。

她的表情有些哀淒，有些寂寞，然後伸出了右手，右手成掌。

掌前，出現了一顆光球。

光球開始轉動，越轉越快，越轉越快……

然後，當光球陡然轉動。

這一瞬間，城鎮毀滅。

許許多多的城鎮，就這樣化成焦土，從地圖上徹底消失。

☆★☆

帶著黑狗的謎樣少女滅去數大種族，奪去數萬士兵性命，只為了問一個1+1=？

的答案，我內心發抖，但仍忍不住問道。

「等等，赤獒將軍，你們沒有試著回答不同的答案嗎？」我聽了赤獒描述女孩破壞城鎮的經過，頭皮發麻。

如果我真的遇到了Molly，答錯了這個答案，也會被Molly給打得灰飛煙滅嗎？

「當然試過，唉。」赤獒說。「我們從0開始回答，一直回答到100，但最主要的問題是她的第二句話：『**為什麼？**』硬猜也許能找到答案，但說不出理由，她還是照樣把你滅了。」

「嗯。」我吸了一口氣，對，這才是Molly，她充滿好奇心，怎麼會容許別人猜答案，一定會想要問清楚的。

「不只如此，後來更有部分種族自願加入了這位少女，把她奉為女王，主動攻擊我們，就像是剛才的希臘兵，他們自命女王派。」赤獒說。「也因為如此，原本勢力平衡的十六種族，因為女孩的出現而分成女王派和非女王派，種族一旦失去平衡，世界已經出現崩潰的跡象了。」

「崩潰？」我不解的問。

「對，原本水量豐沛的河流乾涸了，青蔥的高山只剩光禿禿的砂石，漁獲飽滿的大海撈不到魚了。」赤獒搖頭。「這個世界，正在快速崩潰。」

「Molly 的夢與世界失去平衡，所以崩潰了。」我想起 Jay 對我說的，Molly 的程式活動力不斷下降，有如陷入越來越深沉的長眠中，就怕有朝一日不再醒來。

「為了進行最後的抵抗，我們剩餘的種族約好在東方集結，名為『東方大會』，共商對付女王的大計。」赤袈說，「為了避免大軍行動被女王派整個擊破，所以我們化整為零，各自出發，但問題就是容易一遇到敵軍就陷入險境，像我們遇到希臘軍伏擊，差點全滅。」

「對啊，真的是蠻危險的。」我問。「你說東方大會，所有反女王的軍團都會集結在那裡嗎？」

「是啊。」

「嗯……」我沉吟了一會，目前我所遇到的最大困難，莫過於無法靠近 Molly，那我也許可以透過東方大會，找到靠近女王的方式。「那我可否和你一同與會？」

「海兄要和我一起參加東方大會？」赤袈眼睛睜大，滿臉大鬍子因為激動而顫抖。

「當真？」

「當然，怎麼了嗎？」

「所以，傳說也許是真的？」

「傳說？」

「是的，一個古老到沒人知道源頭的傳說是這樣說的……」赤燊像是在朗誦，但更像是吟唱。**「帶著黑狗的女孩迷了路，將一切帶入毀滅，勇者帶來世界的真相，指引回家的路。」**

「……勇者？」我訝異。「這是指我嗎？」

天啊這是什麼奇幻小說設定？為什麼一定會出現勇者？

「肯定是的！海兄！你會是拯救我們整個世界的關鍵人物。」

「我？」我只能苦笑。「為什麼每個故事都有這種沒有人知道源頭的傳說？傳說到底從哪來的啊？」

「海兄！我們的世界就拜託你了！」赤燊激動大喊著，甚至單膝跪地，連帶其他的蒙古族士兵也跟著大喊，向我跪下。

我急忙把赤燊拉起，小聲回覆。「呃，我盡力。」

看著上百名情緒激動的蒙古士兵，我輕輕嘆了一口氣。

看樣子，他們真的很想回到過去的生活，偶有小戰爭，但卻在其中找到樂趣與平衡，也許這就代表著正常的 Molly 內心世界。

我確實該想辦法讓一切回到正常，為了這群真誠的士兵，也為了 Molly。

好，那就這麼幹了吧！

當部隊開始前進，我騎上一匹赤獒贈送的馬，朝著東方大會前進，也在此時，我終於有了獨處的時間，可以和阿凱帽子說話，與他討論起這句「傳說」。

「阿凱，你有聽到這句話嗎？」

「有。」阿凱的聲音，從帽子中傳出來。「我和 Jay 與 Argus 正在討論。」

「你們和我想的一樣嗎？帶著黑狗的女孩，指的應該就是 Molly？」

「八九不離十了，而且合理推斷，黑狗就是 Orthrus，他們在衛星之戰後，就一起旅行了。」阿凱說。

「不過其他句子你們有想法嗎？」

「將一切帶來毀滅，也許是你正在經歷的，整個腦內晶片的世界正在崩毀。」阿凱說。「不過，最關鍵的應該是最後兩句：勇者帶來世界的真相，指引回家的路。我以為一般的勇者，不過就是打敗惡龍、殺死邪惡魔法師之類的……」

「對啊，但是這傳說卻是，要我帶來世界的真相……」我說，「只要帶來世界的真相，就能回家了？」

「嗯……這問題，我們也想不出來，更何況，我們看不到你所目睹的世界，只有你可以解答這問題。」

「嗯。」我閉著眼，跟隨著馬匹前進時的上下晃動思考著。

這世界的真相，難道與1＋1＝？這問題有關嗎？

☆★☆

這片世界的地圖很大，幸好電腦晶片運算速度夠快，讓我們前進的速度也快，我們翻過了幾座山，穿過幾條河流，朝著東方大會的集合地前進。

沿途我也看見了赤棃將軍所說的「崩潰的跡象」。

大片的樹林已經半數枯萎，碧綠的山頭染上了灰褐色，幾條河流更是露出了怵目驚心的枯乾，河底滿滿都是乾癟的魚群屍體。

而除了戰士，沿途的居民更面黃肌瘦，用空洞的眼神瞧著我們。

也因為我現在正待在 Molly 形塑的世界，看到這些景象，更讓我替她感到擔憂，她沉睡著，但心靈正在快速枯竭，遲早會陷入 Jay 最擔憂的無盡深眠之中，最後又回到植物人的狀態。

沿途上，也偶有一些戰爭爆發，目前歸屬於女王麾下的種族共有五個，有強大裝甲著稱的希臘兵，擁有毀滅性象兵的印度兵，黑魔法強大的拜占庭人，擅長沙漠戰的阿拉伯兵，與操控無敵艦隊的西班牙人。

同樣出席這次東方大會的種族也是五個，工作效率極高的日本族，占卜術高超的馬雅人，荒野騎兵蒙古人，擁有古老秘法的埃及士兵，擁有強大海艦和講話口音很重的英國人。

其他如波斯帝國或維京王朝已經被女王給滅去，部分殘兵則投入東方大會的種族中。

這一天，當五大種族到齊，他們各派了自己的領袖與人員參與核心會議，其中蒙古的赤嫛將軍也在受邀行列中，於是他將我也帶入了會議之中。

我站在會議室的最後側，聽著五大種族開始會議，不過討論時間不到半小時，會議就陷入混亂。

講究速度效率的「日本」種族，認為「埃及」部隊速度太慢。

擅長沙漠戰鬥與擁有秘法的「埃及」認為「英國」部隊太強調海戰，而「英國」部隊則認為「蒙古」兵的騎兵很難配合。

「蒙古」騎兵則認為「馬雅」不該提出將敵人引到叢林戰中，雖然那是馬雅軍最擅長的領域，但藤蔓密布的叢林卻會是騎兵的墳墓。

最後，「馬雅」部隊回過頭責怪日本部隊，不該只講究攻城，應該把重點放在……誰能擊敗女王？

是的，誰能擊敗女王？

這個難題一被提出，原本吵雜紛擾的會議，頓時安靜下來。

所有人面面相覷，緊抿著嘴巴，低下眼神，無法再說出任何一句話。

因為這句話正是最關鍵，最難以突破，也最血淋淋的一個問題。

誰，可以擊敗女王？

就算我們成功的以戰術能力，瓦解了女王派的五大種族，就算我們奮力攻入女王宮殿，將刀與槍架到了女王面前……

我們能擊敗女王嗎？

那女孩與那頭黑犬，足以將上千名士兵瞬間化為灰燼的能力，他們有任何勝算可與之抗衡嗎？

這份死寂般的沉默，持續了整整一分鐘，直到……站在會議室最角落的我，小心翼翼地舉起了手。

「我想，我可以試試。」

會議室中數十雙眼睛，同時朝著我看來。

眼神無聲，但卻形成一股巨大壓力，朝我瞪來。

「因為，我可能就是那個勇者，哈，說自己是勇者好怪……但我希望你們幫我。」

我迎向所有人的目光。「因為，我是專程來帶女王回家的。」

第十章　拯救 Molly

「帶著黑狗的女孩迷了路，將一切帶入毀滅，勇者帶來世界的真相，指引回家的路。」

這句傳說在世界上流傳已久，現場五大種族的代表聽到勇者現身，頓時譁然起來。

「你是勇者？」「你有辦法擊敗女王？」「要用什麼方法？」

「用什麼方法喔。」我用手指頂了頂帽子，小聲說。「阿凱，請 Argus 給我來點猛的。」

猛的？

下一秒，我左手上的機械手臂上頓時發出炙熱藍光。

「宣告，布林計算，擴張函數，強化！」

我已經知道布林計算在我手上會出現的武器是什麼了，但我仍忍不住閉上了眼，然後把左手手臂上抬，對準了沒有人的天花板。

然後，我左手臂藍光往前射出，化成一道雷射光束，光束穿破了會議室的天花板，燒熔出一個大洞，不只如此，更射入了天空，在天空閃爍出一抹燦爛的星芒。

隨著天花板緩緩飄落的煙塵，身處中間的我，發著冷冷藍光的機械左臂，當真有如遠古的勇者，降臨這座迷惘的城市。

「怎麼樣，願意相信我了嗎？」我微笑著說。

我在這五大種族的首領眼中，看見了驚訝與恐懼。

但我要的東西，可不只於此。

「我要請各位幫忙的，就是幫我排除所有困難，讓我能順利見到女王，也就是說，要請各位幫我擋住女王派的五大種族。」

「女王派的五大種族，有裝甲的希臘兵，還有印度的象兵，擅長黑魔法的拜占庭，神出鬼沒的沙漠阿拉伯部隊，海上還有船艦望之不盡的西班牙部隊！要怎麼擋住他們？」

「當然，」我臉上露出微笑。「要怎麼對付這五大種族，聽我的就好……」

「聽你的？」

「希臘兵全身都是裝甲，堪稱地面最堅硬的部隊，但移動速度慢到讓人睡著，這部分就交給日本兵吧，日本兵在升到第二級就先派遣部隊去騷擾希臘兵，千萬不要戀戰，可邊打邊逃，然後利用地形的丘陵進行埋伏……」我走到會議室中央的大地圖，手指著其中一塊攻擊點，鉅細靡遺解說著。

「是。」日本首領誠懇點頭。「如果比升級和奇襲，沒有一個種族比得上我們，您說得有道理。」

「至於印度的象兵，象兵是血量豐沛的活動城牆，但最大的弱點卻是馴象師，只要馴象師一死，象群就會失去攻擊方向，這件事就讓有古老秘法的埃及兵來處理，你們有遠距離木乃伊殺咒，殺不死大象，但要殺馴象師，應該易如反掌吧。」

「你怎麼知道我們木乃伊殺咒可以遠距離攻擊？」埃及首領露出詫異表情。「我以為見過我們咒術的對手都死了？」

「怎麼知道啊？因為我玩G16已經滾瓜爛熟了啊……不，因為我是勇者啊。」我微笑。「至於拜占庭的黑魔法，你們覺得誰可以對付？」

「我們也同樣有超能力法術。」以占卜著稱的馬雅人說，「我們可以試試抵擋拜占庭。」

「不行，黑魔法講究殺傷力，你們的占卜專門未卜先知，正面交鋒你們很快就會變成黑黑乾乾的屍體。」我搖頭。「要對付拜占庭，就得反過來想……蒙古赤獒將軍，你們來吧！」

「我們？」赤獒一呆。「但我們不會法術，只會騎馬和揮刀啊。」

「拜占庭的法師最強的是黑魔法陣，黑魔法破壞力強大但施術時間太久，法師又根本沒啥武力，蒙古軍只要發揮你們最擅長的高速騎術，在黑魔法完成之前衝入陣中，屠殺施術的法師對你們而言，就跟砍菜瓜沒啥兩樣。」

「對耶，好戰術！」赤獒聲音洪亮，放聲大笑。「好，交給我們！」

「至於神出鬼沒的阿拉伯兵，他們太擅長躲藏和隱蔽，就算本身武力不強，但鬼魅般的攻擊方式，總會讓對手疲於奔命，這裡就該讓最會偵測對手位置的部隊出來了。」我目光看向馬雅。「馬雅，就用你們強大的占卜術，揪出阿拉伯兵的位置，並且給他們一個超級反殺吧。」

「對，你很神奇，不只瞭解我們，也瞭解敵人。」馬雅首領點頭，黝黑的皮膚露出微笑。「可以，我們來讓這片沙漠成為阿拉伯部隊的墳場。」

「至於最後的西班牙部隊……海戰只能用海戰解決啦。」我笑。「英國軍團啊，你們想證明，誰才是地圖上最強的海軍嗎？」

「當然想證明！最強海軍就是我們！」代表英國出席的是女性，她有著金色短捲髮，美麗的臉龐充滿自信，「西班牙有無敵艦隊又如何？我們會讓他們見識日不落帝國的偉大！」

「對，就是這樣。」我看著整個會議室的氣勢被我點燃，高聲問到。「各位還有什麼問題嗎？」

「沒有！」五大種族的首領們，面孔白晰但眼神專注的日本族，五官鮮明的埃及族，黝黑面孔上繪著圖騰的馬雅族，滄桑中帶著獨特風韻的蒙古族，最後是美麗而自信的英國人，所有人以最豪壯的聲音，異口同聲地回答。

我看著他們的眼睛，此刻不再只有剛才的驚訝與恐懼，而是絕對的信任與勇氣。對，這才是我要的，我要把G16的戰術運用在這裡，讓他們發揮自身的實力，然後像摩西分海般打開一條道路，讓我到達Molly的面前。

然後，帶她回家。

☆★☆

「見到Molly之後，你打算怎麼讓她清醒？」

這是全面決戰的前一個晚上，阿凱帽子問我的。

「阿海，你想出1＋1＝？的答案了嗎？」

「沒有。」我搖頭。

「那不是很危險嗎？」阿凱帽子說著，「按照那些倖存者說法，說答案的機會只有一個，而且還不能亂猜，因為Molly會追問『為什麼？』一旦答錯，Molly就會施展她的力量，把你徹底毀滅。」

「嗯。」我看著天空，到了晚上，原來G16也會變成黑夜啊，滿天閃爍的星光，充滿光害的人類已經忘記了，原來自然的天空是如此美麗。

「而且按照那些人說法，Molly 能瞬間讓千名戰士化為灰燼，這樣的破壞力，現在的 Argus 根本比不上。」

「差很多啊，這裡畢竟是 Molly 自己創造的世界，她幾乎是這個模擬世界的神。」我淡淡地說，「加上 Argus 只能用最基本的程式語言對應，她沒有辦法把夜之女神叫進來，實力明顯有差距。」

「對啊，Molly 比此刻的 Argus 厲害這麼多，超危險的……」

「嗯，可是，我看到這片 Molly 虛構的世界，已經開始枯竭了。」我看著天空，「山林不再翠綠，大地不再充滿生機，河川也乾涸，表示 Molly 可能沒有太多時間了。」

「阿海……」

「這已經是最後一次機會。讓我努力為我人生最美好的時光，做出最後一搏吧。」

「嗯，阿海，就像G16嗎？」

「G16？」

「你知道我為什麼這麼喜歡和你在G16組隊嗎？只要有阿海在，就算再惡劣的環境，再絕望的環境，你都不放棄，總能找到一線生機，我總覺得，G16是你的魔法領域。」

「魔法領域？講的太神了吧。」

「一點都不假，Molly 架構的世界如果也是G16。」阿凱的聲音誠懇，不帶一絲虛假。「那就是你的魔法領域，把 Molly 帶回來吧，阿海。」

「嗯，魔法領域嗎？」我閉上眼。

如果G16是我的魔法領域，那整個電腦世界都會是 Molly 的魔法領域，而她為什麼要在魔法領域中問問題呢？

會不會，是因為她也對1＋1＝多少感到迷惘？我不該執著於等於多少，正確的問題是，「在這個世界中，1＋1＝？」

在這個世界中嗎？我整夜反覆思量，直到第二天的清晨破曉。

日本，蒙古，馬雅，埃及，以及英國，集結五大種族，超過一萬名士兵開始移動了。

這片地圖史上最浩大的戰爭，一觸即發。

日本忍者軍團一如預料，在天色未明的破曉，便如一條蜿蜒毒蛇，突襲了希臘部隊，地表最強裝甲的希臘部隊甚至來不及穿上戰甲，就死傷上千，被迫倉皇後退。

這時，大地開始細細震動，原來是印度大象軍拉起柵欄，數百隻巨大象兵傾巢而出，帶著足以吞噬一切的滔天氣勢往前，只是這股氣勢卻莫名騷動起來，象群失控亂踩，踩死不少一旁的印度步兵。

原來是乘坐大象的馴象師突然發出慘叫，彷彿身受詛咒般一個個落下。

這是詛殺？誰能在這麼遠的距離進行詭異的詛殺？

是木乃伊殺咒！

而殺咒的來源，正是站在高處，不斷揮舞古怪兵器的埃及兵。

跟在印度兵之後的，是女王派的拜占庭黑魔法師，他們看見埃及的木乃伊殺咒，露出冷笑。

「詛咒？讓你們見識真正詛咒之力！拜占庭的黑魔法！」

只見拜占庭的黑魔法師們，穿著一襲黑袍，九個站成一圈，吟唱著令人膽寒的古怪歌曲，要召喚出這遊戲中最可怕的魔法力量。

可是，他們終究沒能讓埃及兵見識到真正的恐怖，因為這些法師的頭顱，已經被如閃電般疾衝而來的騎兵，一個一個砍了下來。

騎兵們發出威武大喝，那是屬於草原的威喝。

「吾乃蒙古軍！是戰場上的速度之鬼！」赤獒將軍手舉長刀，刀上掛著一個黑法師的頭顱，對著戰場大吼。

當蒙古騎士不斷斬殺拜占庭的黑魔法師，戰場地面上幾道陰森黑影，竟然從四面八方聚集過來。

那些黑影綁著頭巾，手提彎刀，隱隱可見嘴邊獠牙。

「區區蒙古騎兵，敢在我們面前提『鬼』一字？看我們阿拉伯軍團的鬼魅行軍！」

真如鬼魅的阿拉伯軍團，在陰影中時現時隱，冷冽刀光閃爍，已經來到蒙古軍的後方，就要展開致命偷襲之時……

敵人竟然轉身，架起大盾擋住彎刀，跟著而來的，是漫天而來的箭雨。

箭雨中，阿拉伯兵不斷慘號。

「怎麼回事？為什麼我們的行動都被識破了？是誰？是誰完全猜到我們的動作？」

直到他們發現對方的軍團後方，有一個部隊，竟然正在跳舞。

馬雅。

馬雅跳著戰舞，吟唱著與自然和鳴的歌曲，做出一次又一次的占卜。

每一次占卜，都精準命中阿拉伯部隊的下個攻擊點。

於是，阿拉伯把自己送入了虎口，一次一次斷絕自己的生路。

眼看希臘，印度，拜占庭，甚至是阿拉伯都已經挫敗，突然間，戰場靠海之處，傳來一聲鳴動天空的號角。

上百艘載滿火砲，裝設最先進與兇狠武器的西班牙戰船，正浩浩蕩蕩駛來，他們從海上射出遮蔽半邊天空的砲彈雨，重擊陸地的日本等四大種族。

但這優勢卻只短短維持了數分鐘，因為西班牙船艦的陣式突然左歪右斜，自己亂了起來。

亂的原因，也是海上的船。

快速，靈巧，互相呼應，擅長團隊作戰的輕巧船艦，直接破入西班牙大軍之中，如入無人之境般穿梭其中。

在西班牙的巨大船艦體上，炸出一個又一個傷口。

傷口雖小，但數目累積下來，也足以讓巨獸倒下。

「混蛋！是誰！」西班牙將領怒吼，「是哪個混蛋敢在海上招惹我們？」

這些靈活疾行如飛魚的小船，是藍底紅色條紋的國旗，正是英國的海軍旗子。

「記住我們的名字，我們是將取代你們成為下一任海王的，大英帝國啊。」

「反擊！」西班牙將領怒吼，「所有大砲對準這些小魚，讓他們知道我們無敵戰艦的厲害！」

只見海上偌大船艦群爆出閃亮火光，烽煙四起，顯然一場激烈無比的戰鬥在大海上演。

同時間，陸地上的戰役也進入了高潮，希臘兵雖然失了先機，好歹也是歐洲最強鋼鐵部隊，他們挺著裝甲，開始反擊日本的突襲。

而殘存的印度馴獸師，也騎著大象挺入了埃及部隊中，更連帶撞上馬雅戰舞裡，破壞了馬雅的占卜。

占卜失效後，阿拉伯鬼魅軍團稍微得到了喘息，開始反撲蒙古騎兵，雙方短兵相接，混戰起來。

而拜占庭殘餘的法師找到一個角落，完成了黑魔法的召喚，瞬間殺害了不少日本與蒙古軍。

在這片接連不斷的惡戰中，我也開始行動了。

我先搭著英國的輕船艦，繞過了大部分的戰場，然後在戰場的後側停船，緊接著一聲高亢馬嘶，我騎著蒙古馬衝了出來。

當我衝入戰場，身前一群日本忍者替我開路，擋掉戰場上不斷湧來的敵人，背面斷後的是馬雅與埃及士兵，全部人豁出性命，把我一棒接著一棒似地，不斷往戰場後方本營送去。

同時間，我左手 Argus 的機械手臂也發出燦爛藍光。

「宣告，布林函數，連續函數，子數函數，遞增函數……」

我左手接連不斷射出雷射砲彈，把迎面而來的敵軍一個個轟飛到遠處，在刀槍劍戟的叢林中，滿天熱燙的火光中，我終於看見了……

鵝黃色的高聳宮殿，柔和色澤與建築精美，卻是這次戰役最致命的核心之處。

女王殿。

我來了，Molly，我來找妳了。

蒙古馬帶著我奔過大半個戰場，直到奔入女王宮殿後，才力竭倒下。

我蹲下，輕柔撫摸著戰馬脖子，低聲說謝謝後，我開始往前跑去。

女王宮中，空空蕩蕩，沒有士兵。

我想也是，以Molly之能，根本無須士兵保護，她本身就是世界最無敵的存在。

而我即將面對這個無敵的存在。

我往前跑著，跑過明亮寬闊的王宮大殿，跑過冷寂的衛兵長廊，然後我看見在大窗之前，那女孩的身影。

她有著柔軟的長黑髮，明亮的大眼睛，嬌小的身材，她和我心中想像的Molly一模一樣，是名像貓一樣的女孩。

只是，女孩臉上此刻沒有任何表情，那是遺忘了什麼，或是失去了什麼的表情，那是令人好心疼的表情。

「Molly！」

看見她，我忍不住大叫。

她轉頭看我。

「我來找妳了！我找到妳了！我們一起回家！」我大叫，朝她奔去。

但也就在此刻，忽然我感到身體猛然一沉，像是被某種巨大且野蠻的力量，直接壓到了地上，把我壓得動彈不得。

「這是什麼？這是……」我從影子上看出了這股力量的真實樣貌，忍不住失聲喊出。「什麼，他們不是說，你只是……只是一隻小黑狗嗎？」

「吼嗚……」我上頭傳來野獸殺戮前的低鳴。

所謂的小黑狗！牠身形明明巨大如成年大象，更可怕的是牠還有三個頭，睜著赤紅的眼睛，齜牙咧嘴，正狠瞪著我。

牠是 Orthrus，地獄三頭犬啊。

媽啊，原來我的對手還有這一隻怪物！

「Orthrus，你想阻止 Molly 清醒嗎？偏不如你願！」我目光看向了左手，用力握拳。

這一隻手臂，有著剛硬卻美麗的機械線條，但事實上，是連接到現實世界，一對美麗的雙手指尖上。

這雙手指尖的主人，當年就是擊退三頭犬的主角之一。

「Argus！」我左拳緊握，試圖將意念透過拳頭力量傳達到遠方。「又是 Orthrus！是地獄三頭犬！我需要妳！」

同時間，我看見機械手臂整個亮了起來。

而且是我從未見過的亮度，如此燦爛且炙熱。

因為對手是 Orthrus 嗎？這表示，我有機會看見 Argus 的全力出擊嗎？！

「宣告，變數，浮點飛行，宣告，布林計算，宣告，多變數函數，宣告，迴圈，宣告，註解。」手臂上流動的速度之快，快到讓我眼花撩亂。

然後下一秒，機械手臂上的卡榫高速轉動，竟然轟的一聲猛力往前，脫離了我的左手。

「好樣的，原來妳能脫離我的手？」

而我的吃驚不只如此，只見它在空中飛了半圈，帶著猛烈的藍光，高速繞回，衝向地獄三頭犬。

同時間，機械手臂的前端，轟轟轟轟，不斷射出猛烈的雷射光砲。

地獄三頭犬發出大吼，知道此人是宿敵，三顆頭各自噴出不同顏色的火焰，迎向機械手臂。

火焰吞噬了雷射光砲，炸出一圈又一圈能引起城堡震動的波動。

在一圈又一圈的波動中，機械手臂已經來到了三頭犬的正前方。

「宣告，迴圈。」

巨大旋轉的藍光之盾，在地獄三頭犬的正前方陡然成形，直接把牠往地上猛壓，更壓穿堅實的石磚地板，繼續往下沉去。

三頭犬怒嚎，火焰，冰，以及鏡子，同時發威，讓迴圈出現密密麻麻裂紋，轟然一聲，機械手臂往後飛彈，在空中連轉了三四十圈，直接撞上天花板，引發如雨的塵埃。

機械手臂與三頭巨犬，展開超乎想像的戰鬥，我看的是目瞪口呆。

就在我看呆之際，只聽到帽子中傳來阿凱焦急的大喊。「快點，Argus 幫你爭取時間，你快點去接觸 Molly 啊。」

「好。」我奮力起身，朝著 Molly 跑去。

她看著我奔到她面前，表情依然如冰霜般冰冷，但我卻看到了，她眼中確實有那麼一點，細細的、柔柔的光線流過。

電腦資訊透過人腦化成夢境，所以我不確定看到的那抹光線是什麼，但我知道這是我最後的機會。

「Molly，我是阿海，我是G 16的阿海，我是和妳組成喵喵人的阿海，我們一起幫助了很多人，賣彩券的朋友，爺爺的老電腦，與ＡＺ的網頁爭霸戰，甚至是守住低空衛星不要墜落害死他人——」我激動地說。「Molly，是我啊，我來帶妳回去，一起回家，好嗎？」

她清秀的五官，依然冷漠如冰沒有絲毫改變，明亮如貓的大眼睛，只是看著我。

然後，不知道過了多久？也許一秒，也許五秒，也許更久，她終於開口了。

「我問你，你知道１＋１等於多少嗎？」

１＋１＝？

我感到呼吸停止。

又是這個問題，又是這個極度基本，卻又極度危險到不知道該如何回答的問題。

我耳中傳來阿凱的聲音。「阿海，拼拼看，答２！至少不要違背數學！」

「不，不是２。」我輕輕自言自語，眼睛仍回望Molly。「Ｇ16是我的魔法領域，而這個問題，妳所問的，應該是妳的魔法領域，對吧？」

「阿海，你在說什麼？聽不懂。」阿凱帽子還在我耳邊叫著。

但我沒有理他，我專注看著 Molly，嘴角露出笑容，語調溫柔地說。「我的答案，在這世界，1＋1＝10。」

1＋1＝10？

這秒鐘，一切都安靜下來了。

連原本在背後，Argus 機械手臂和 Orthrus 地獄三頭犬的激烈戰鬥聲都不知何時，安靜了下來。

一切的一切，都在等著 Molly 的反應。

而她像貓一樣的大眼睛，眨動兩下，看著我，問出了第二題。

「為什麼？」

為什麼？

我看著 Molly，我確定剛剛她眼中，再一次流過那細微的光芒。

「因為，這是電腦世界，是妳的魔法領域，這世界數字是二進位，而不是現實世界的十進位。」我慢慢說著，「在二進位的世界裡，1＋1會進位到第二位，也就是10，這個世界裡面，沒有2，沒有3，也沒有4到9。」

「……」Molly 看著我，她沒有否定我，卻也沒有同意我，幸好，也沒有用超級光球轟炸我。

「所以，Molly，妳懂嗎？這裡不是現實世界，因為這裡的1＋1＝10。」我溫柔地說。「我們回去現實世界，回去1＋1＝2的世界好不好？」

我們回去1＋1＝2的現實世界，好不好？

我們回去十進位的現實世界，好不好？

我們回去那個晚上可以一起牽手散步，喝著飲料說著笑話的現實世界，好不好？

我們回去可以感受風，看到海，品味生命喜樂，一點一滴慢慢變老的世界，好不好？

我們回去那個有弟弟在等著妳，有我在等著妳，有著家人與朋友一起等著妳的世界，好不好？

這剎那，我再次看到了 Molly 眼中細柔的光，但不同的，光芒比之前更明亮。

而且，越來越明亮。

越來越清晰。

直到……

我從現實世界醒了過來。

這一切，終於結束了。

尾聲之一

慵懶的秋天到了。

我端著兩杯咖啡，正在便利商店前面等著。

手錶上顯示九點五十八分，距離我與她約會的時間，還有兩分鐘。

然後，我看見了她的身影。

長髮綁成馬尾，嬌小玲瓏的身材，鵝黃色的小外套，還有那笑起來有點像小貓咪的可愛神情。

「嗨。」她喘著氣微笑。「等很久了嗎？」

「沒有，妳又沒有遲到，幹嘛這麼趕？」

「因為習慣電腦世界準確的時間了，反而很怕遲到啊。」

「呵呵，是啊。」我把準備好的咖啡，遞給了她。「試試看，這是現實世界的咖啡。」

「謝謝，不過現實世界的咖啡，我早就喝過了。」她又笑起來，雙手接過，輕輕搓著咖啡杯面，用咖啡來溫熱因為秋天微涼的手。「那我們今天打算去哪？」

「我們去看海。」

「喔，秋天的海？」她眼睛亮起，「從我回來之後，還沒看過耶。」

「嗯，而且我還預約了海鮮店，妳一定要品嚐秋天的螃蟹。」

「在我變成旅行者之前，我爸有帶我吃過，不過，確實是令人懷念的味道。嘻嘻。」

「那走吧。」

當我往前走時，她的手，輕輕挽住了我的手。

衣物細細的摩擦感，來自她身體的溫度；耳畔的輕柔笑聲，我正盡情享受著這一切。

真實的她。

真實的 Molly。

「這禮拜的約會讓你安排，下禮拜換我喔。」當 Molly 坐上副駕駛座時，把咖啡放好。

「好啊。」我稍稍調整了駕駛座的椅子和後照鏡，「不過不要太刺激喔，上次有點可怕。」

「會嗎？上次我們潛入敘利亞政府的國防部資料庫，去警告他們對女性要尊重，那很可怕嗎？」她繫上安全帶，微笑。「我這禮拜還打算帶你去暗網找粉紅寶藏呢，據說被一個叫做血腥瑪麗的病毒看守著。」

「不會吧？血腥瑪麗？聽起來就很可怕。而且暗網裡面不是充滿了各種古老病毒和破碎的程式嗎？」

「唉喔，有我啊，你怕什麼啊？」她笑得好甜，表情也好像小貓，但這隻貓咪看起來好調皮，是惡作劇的小貓咪。「我可是旅行者 Molly 呢。」

「哈。」我笑。「但別忘了我可是菜鳥，現在沒有了 Argus 幫忙，我連基本的小病毒都只能勉強打贏而已啊。」

「不會啦，你會越來越進步，我會保護你啦。」Molly 眨了眨眼睛。「我們喵喵人要繼續執行任務，懲奸除惡不是嗎？」

「是，是啦，」我苦笑，但心裡卻是開心的。

這就是我喜愛的 Molly。

潛入電腦世界，速度，能量，精準，美麗，強大到足以主宰整個網域的超級美少女。

現實的 Molly，與旅行者的 Molly，我都喜愛。

這是我和 Molly 的故事。

關於旅行者的故事。

尾聲之二

時間是晚上六點半，雅君學姊正在等電梯，當電梯門開了，她走入等待電梯門自行關上，忽然，一隻手扣住電梯的門。

「咦？」

而跟在那隻手後面，是一張帶著歉意的臉龐。

「抱歉抱歉，讓我搭一下，啊，雅君學姊？」那張臉，是阿凱。他看見他攔住的電梯裡面，竟是他最崇拜的主管雅君，忍不住愣住。

「幹嘛？進來啊。」雅君學姊微笑。「難道還要我請你進來？」

「呃，好。」阿凱小心翼翼走入了電梯。

當電梯門緩緩關上，電梯的樓層從二十六樓開始下降。

「今天你一個人下班？阿海沒和你一起？」

「嗯，他啊，這個忘恩負義的小子。」阿凱說起我，總是舌頭特別靈活。「他和人有約啦。」

「和人有約？他有女朋友啦？」

「雅君學姊果然天資聰穎，未卜先知，舉一反三……」

「欸，不要和我廢話。」

「是是。」阿凱的天敵真的是雅君學姊。「他有女朋友啦。」

「真的？是上次來總公司的那位資安工程師 Argus 嗎？」

「哈，不是。」阿凱搖頭。「他們是非常好的朋友，但阿海的女友不是她喔。」

「好可惜，我覺得 Argus 是聰明又可愛的女孩呢，雖然說，同樣身為女性工程師，嗯……可以感覺到她有些黑暗面。」電梯裡，雅君學姊難得話多。

「黑暗面？」

「說不定她私底下是個厲害的駭客喔。」

「啊啊。」阿凱眼睛大睜、下巴掉下。

「幹嘛，我猜對了嗎？這才叫天資聰穎好嗎？」雅君學姊微笑。「話說，阿海已經有女朋友了，那你呢？阿凱。」

「我，我最崇拜的女性，就是您啊，雅君學姊。」阿凱急忙收斂心神，恢復其吊兒郎當的本性。「所以我現在還保持單身。」

「不要亂開玩笑喔。」雅君學姊看了一眼。

只是一眼，就讓阿凱閉嘴。

同時，電梯門開了。

雅君學姊率先往外走去，而她走了兩步，忽然回頭微笑。

「阿凱，如果你看不出女工程師的黑暗面，就盲目喜歡上對方，那是非常危險的。」

「啊？」

「只有具有黑暗面的人，才能看出對方的黑暗面，不是嗎？」雅君學姊側著臉，「你聽過伊希斯嗎？她原本的職業就是女工程師喔。」

伊希斯？阿凱直覺想到埃及女神，但又覺得這名字好熟悉，是不是最近那場衛星大戰中，有這麼一個響噹噹的名字？

雅君學姊為什麼提到伊希斯？為什麼知道她原本是女工程師？

而就在這一剎那，阿凱雙腳停在電梯裡，他看著雅君學姊的側臉，突然湧現一股強烈的既視感。

他看過這號表情，在哪裡？什麼時候？

啊，對，是在 Argus 臉上，當她看到電腦螢幕中出現 Orthrus 病毒的表情。

那原本可愛如同衝浪少女的五官，嘴角微揚，帶著一絲邪氣，卻又帥得無以復加。

那是頂級獵人看見頂尖獵物的表情。

所以，雅君學姊的黑暗面，又是什麼？和伊希斯又是什麼關連？

阿凱楞著，直到電梯門關上，遮住了雅君學姊綁著馬尾高挑的背影，然後阿凱忍不住低語。

「帥啊，好帥啊，天啊，我越來越崇拜妳啦，雅君學姊。」

尾聲之三

這裡是 Argus。

她坐在探監房裡，正在等待一個人。終於，那人出現了。

那個男人理著平頭，穿著囚服，外貌看似樸實，但眼神卻帶著一股深沉，他坐到了 Argus 面前。

「我說，一個頂級資安工程師，來探望一個放電腦病毒被逮的前資安工程師，是什麼目的？」

放病毒被逮的前資安工程師，他就是製造低空衛星災難的起點，Choas。

「我來問你一個人。」Argus 的眼睛直直看著 Choas。

「誰？」

「師父。」

「師父？」

「我的師父，教我駭客技巧的師父。」

「……」Choas 看著 Argus，久久不說話，忽然，他大笑起來。「哈哈哈。」

「有什麼好笑？」

「Argus 妳是瘋了嗎？自己師父不見了跑來找我要？難不成妳認為我就是那個駭客師父？」

「很抱歉，我知道你不是師父，我師父比你高明的多。」Argus 定定看著 Choas。

「因為他夠高明，我才覺得 Orthrus 這隻怪物是他養的，不是你，你無法躲避整個網路界黑帽與白帽的追殺，把 Orthrus 藏起來，又不會被它反噬。」

「喔？妳要說什麼？」

「Orthrus 比當年更進化了，表示又有高手調整了它的原始碼，那人就是我師父。」

「憑什麼這樣想？」

「直覺。」

「放屁，工程師和人講直覺？」

「就是工程師才講直覺，現在每個改變世界的作業程式的架構，像是 Window、linux 都打破了當時既定的邏輯，那是工程師發揮了如同藝術般的巧思。」Argus 說。

「對我而言，這就是直覺。」

「哈哈哈。」

「幹嘛又笑？」

「妳啊，和妳師父講的一樣呢。」

「果然，你認識我師父！」

「師父說，我有一個師姊，聰明絕頂，資質超佳，可惜就是不夠狠，難以繼承衣缽。」Choas 邪笑。「那天在公司一見到，我就知道是妳。」

「誰是你師姊……哼。」Argus 哼了一聲，「告訴我，他在哪？」

「妳找不到他的。」

「為什麼？」

「因為他從 Orthrus 身上明白了一件事，讓他決定退出網路駭客群，去做別的事。」

「什麼事？」

「他說，Orthrus 是活的。」

「活的？不少人這樣說過啊。」

「不，師父的意思不是這樣。」Choas 搖頭。「他的意思是，Orthrus 原本是活的，是被轉入電腦網路後，變成一個程式的。」

「啊。」Arugs 倒吸了一口氣。

「懂嗎？」Choas 冷笑。「師父覺得，如果有人可以變成網路程式，那他也要試試看。」

「啊，那他做了嗎？」

「不知道。」

「不知道……？」

「沒有人知道師父在哪裡以及做些什麼？不是嗎？」Choas 閉上眼。「找到師父，捕獲師父，不就是他給我們的最後戰帖嗎？」

「……」Argus 苦笑。

「如果沒事，我要回去了，師姊。我得回去牢房好好反省了，哈哈哈。」

Argus 走出監獄時，她仰起頭，此刻太陽已經西沉，她想起了 Molly，也想起了旅行者。

忽然間，她有種感覺，網路世界也許遠比她想的巨大，更神秘，更充滿了無限可能。

當人類拼命朝著外太空尋找生命，在雨林深處，海底深淵，高山湖泊中找尋新物種時……

也許我們該打開手機，看看我們認為最貼近生活的「網路」之中……是不是也有什麼超乎想像的生物，正在其中孕育。

旅行者，不會只有一個。也許，還會有更多旅行者的故事，正在遠方等著我們。

番外篇

當ＡＩ人工智慧崛起，成為驚人浪潮湧入我們的世界，甚至被譽為人類數位世界新指標時……

有ＡＩ創始者之稱的Sum，三百五十位科學家卻在此刻共同發表聲明。

「千萬別低估ＡＩ人工智慧，這是和超級流行病、核武相同，足以毀滅人類的東西啊！」

☆★☆

「你知道ＡＩ嗎？」「你是工程師對吧？你平常工作有在用ＡＩ嗎？」「ＡＩ股票漲翻天了，你有推薦哪一款嗎？」「ＡＩ會取代你的工作嗎？聽說編劇和演員都要失業了。」

此刻，阿海正和爸媽與幾個長輩吃飯，長輩們一聽說阿海的工作是工程師，頓時眼睛亮起，ＡＩ的問題如砲彈般轟來。

「我雖然是工程師，但工程師有分硬體和軟體，並不是每一個工程師都對ＡＩ熟悉……」

「什麼是ＡＩ嗎？ＡＩ是所謂的人工智慧，也就是透過大數據分析，創造出一種模式，透過模式可以幫助人們減少工作量……啊，聽不懂嗎？」

「啊，其實你們只是想知道該下哪一支股票？是是，我剛剛太囉唆了。」

這場飯吃的阿海可以說是頭暈腦脹，直到他看到手機來了一通訊息，才趁著這通訊息告別了飯局。

離開飯局，阿海拿起手機，回撥電話。

電話那頭，是阿海最熟悉的聲音，最聰明的女程式，Molly。

或者說，「曾經」是最聰明的女程式，因為 Molly 實際上是一個真人，因為車禍而將腦波轉化成女程式，從此在網路上悠遊。

而在過去發生的許多故事中，阿海為了拯救 Molly，也將自己腦波存入電腦，加入了旅行者一族。

「嗨，阿海，今晚有緊急任務，想來嗎？」

「喵喵人要出動了嗎？」阿海語氣登時因為興奮上揚。「是什麼東西，會引起妳的興趣？」

「Sum。」

「Sum？ＡＩ創始者？天啊，連妳也在說ＡＩ？」我剛剛才被四五個長輩用ＡＩ轟炸過。「現況ＡＩ的發展對妳這個網路女程式而言，根本就是幼稚園等級吧？」

「不是這樣的，Sum 的ＡＩ是一種神經網路概念，會收集大量資料並建立模型，如果把網路比喻成森林，我們就是生活在森林裡自由自在的動物，而現在正在發展的ＡＩ，就是……」

「就是什麼？」

「就是樹。」

「樹？」

「樹才是構成森林的本體，換句話說如果ＡＩ繼續發展下去，樹群不斷增殖，彼此產生神經網路連結，就會直接改變森林，改變森林就是改變網路，現況而言，改變網路就是改變了人類世界。」

「等等，現在ＡＩ哪這麼厲害？」

「對，現在ＡＩ沒那麼厲害，當時最開始的『一段程式碼』就是 Sum 提出的，本來只是要當作即時翻譯軟體的基礎，誰知道這段程式碼潛力太高，Open AI 和 ChatGPT

以此為基礎不斷進化，竟變成現在人類的ＡＩ革命了。」

「『一段程式碼』就改變了世界？天才真讓人討厭啊，不是嗎？」我苦笑。「就像是武俠小說中的尊者達摩，他寫下一本自己領悟的武功絕學，從此江湖相互競逐，掀起腥風血雨。」

「阿海，你這武俠小說的比喻真的很貼切。」

「就說我是比喻天才。」自從和 Molly 在一起，現實的每件事都必須形容給網路裡的 Molly 聽，比喻的功力也大幅提昇了嗎？

「Sum 這段語言碼確實就像是一本武俠小說，因為釋放出來而造成江湖天翻地覆。但如果說……」Molly 說到這，微微一頓。「Sum 的這段語言程式只有上半段呢？」

「什麼？這麼厲害的東西！只是上半段？」阿海心中一驚。

「對，Sum 當時並沒有把全部的程式碼放出來，也許他知道這段程式碼的力量，所以他才只放出一半。」

「那另外一半呢？」我急問。

「就是我們這次喵喵人的任務了。」

「去哪？」

「今晚十二點整，Ｇ16遊戲，２Ｂ２Ｔ伺服器，另一半程式碼會出現。」

「挖勒，2B2T伺服器！」阿海，一個三十歲的男人，拿著手機，站在路邊，忍不住發出大叫。

☆★☆

如果說「暗網」是寬闊網路世界中最黑暗，最照不到光的存在。

那2B2T伺服器，就會是G16這款百萬玩家的遊戲中，最神奇也最惡名昭彰的伺服器。

最早的2B2T並不是源自於G16，而是其它的遊戲，但所有2B2T的基本概念都一樣，那就是「無規則」。

過往的遊戲會為了維持玩家體驗，禁止所有外掛程式，迴避bug，建造一個公平的環境，讓每個玩家在規則之下進行遊戲。

但2B2T則不是這麼回事，「無規則」就是可以使用任何外掛程式，可以盡情破壞架構，創造bug，所以可以看到玩家瘋狂使用外掛程式，讓自己在遊戲中像是神一樣的存在。

但如果整個環境中，每個人都是神呢？

神和神互打，就很難說不公平了。

所以２Ｂ２Ｔ的伺服器，創造出了另外一種樂趣，各種作弊程式，各大網路好手，駭客群，為了證明自己的強大，紛紛潛入該伺服器中戰鬥。

而伺服器的主人，也提供了極度驚人的硬體資源，要知道要支撐這麼多作弊程式，其實很容易讓伺服器超載，甚至直接燒毀電腦本體，但２Ｂ２Ｔ卻極少當機過，表示這主人至少有上萬公頃的電腦機房，半個城鎮面積的冷卻系統。

伺服器主人是誰？所有的玩家的共識是，這人不是阿拉伯國度的王子，就是一個國家的政府。

只有他們才有這樣的財力和土地玩。

當然，駭客玩家們的諸多挑戰中，一個就是讓伺服器當機，最猛的紀錄是五千多個作弊程式同時啟動，那次，是玩家們第一次看到２Ｂ２Ｔ畫面反白，邊界潰散，肯定有不少伺服器核心燒毀了。

不過對作弊的駭客們而言，在２Ｂ２Ｔ的主要玩法，還是以互殺對方為主，各種古怪荒唐的殺法都曾聽過，於是乎，只要能在伺服器裡面活三十分鐘，就會被駭客界認同，稱的上是一級駭客。

「２Ｂ２Ｔ。」我用力吞口水。「裡面很危險。」

「對，危險。」連 Molly 都承認裡面很危險。「但我真想知道 Sum 的下半段程式碼寫著什麼？」

「Sum 的下半段程式碼啊。」我不是軟體工程師，但我也知道這個程式碼的厲害。光靠上半段，就掀起了AI革命，更讓那些拿著智慧手機卻只會打電話的長輩們，開口閉口都是AI。

如果下半段都出現，那是不是真如 Molly 所言，這個森林的樹神經互相連結，整座網路森林都要改變了？

「不只我們會進去。」

「不只我們？」

「黑帽駭客之首蚩尤，白帽駭客女神伊希斯，資安工程師們，那天晚上低空衛星大戰的高手們，大多數都會進入裡面。」

「那更恐怖了。」阿海苦笑。「這不是陷阱吧？一口氣捕捉駭客們的陷阱？」

「越是危險，越是有趣啊。」

「Molly……」

「就這樣說定啦，阿海。」

於是，Molly 掛上電話。而我，一個三十歲的男子，繼續在路邊，無奈的嘆氣。

不過，我的嘆氣只維持了短短兩秒。

因為我的電話再次被訊息填滿，這次不是我心愛的女友 Molly，而是曾經並肩作戰的伙伴。

「阿海，我是阿凱，今晚Ｇ16遊戲的２Ｂ２Ｔ聽說有瘋狂事，我決定去湊熱鬧！希望這次我可以活過一分鐘。」

我笑出聲。阿凱在２Ｂ２Ｔ最高存活紀錄是三十七秒。那次還是他一進入伺服器就拼命找地方躲起來才達到。

不過，另一通訊息的傳送者可就沒那麼弱了。

「阿海，我是 Argus，今晚來嗎？２Ｂ２Ｔ。」

２Ｂ２Ｔ紀錄，二十七小時十二分十六秒。

我看著畫面，正猶豫著，但她下一通訊息很快就來，又讓我吃驚了。

「我先說，我會去，但我不純然為了 Sum 的下半段程式碼，而是我認為『師父』會出現。」

「師父？」我想起來了，Argus 說過她的網路能力都是師父一手指導，而這位師父更可能是 Orthrus 病毒後來變得如此可怕與強大的，主要餵養者。

「你來嗎？阿海。」Argus 的簡訊問著。

「是兄弟，今晚就一起上線啦。」阿凱問著。

「我們喵喵人要出動啦。」Molly 則這樣說。

下一場冒險，我們準備出發！

《旅行者》完

旅行者 下

作　　者＊Div
插　　畫＊鸚鵡洲

2023 年 11 月 29 日　初版第 1 刷發行

發 行 人＊岩崎剛人
總 編 輯＊呂慧君
編　　輯＊喬齊安
美術設計＊林慧玟
印　　務＊李明修（主任）、張加恩（主任）、張凱棋

台灣角川

發 行 所＊台灣角川股份有限公司
地　　址＊104 台北市中山區松江路 223 號 3 樓
電　　話＊（02）2515-3000
傳　　真＊（02）2515-0033
網　　址＊http://www.kadokawa.com.tw
劃撥帳戶＊台灣角川股份有限公司
劃撥帳號＊19487412
法律顧問＊有澤法律事務所
製　　版＊尚騰印刷事業有限公司
I S B N＊978-626-378-179-5

國家圖書館出版品預行編目資料

旅行者 /Div 作 . -- 初版 . -- 臺北市 : 臺灣角川股份有限公司 , 2023.11-
冊 ;　公分

ISBN 978-626-378-179-5(下冊 : 平裝)

863.57　　112015467